LES AMANTS DE MALPASSET

DU MÊME AUTEUR
AUX PRESSES DE LA CITÉ

La Colline des contrebandiers
Le Mas des oliviers
Les Géants de pierre
Marie-Marseille
Jean du Casteloun

AUX ÉDITIONS AUBÉRON
Fine

Annie Bruel

LES AMANTS DE MALPASSET

Roman

Production Jeannine Balland
Romans Terres de France

PRESSES DE LA CITÉ

ISBN 2-258-06321-3

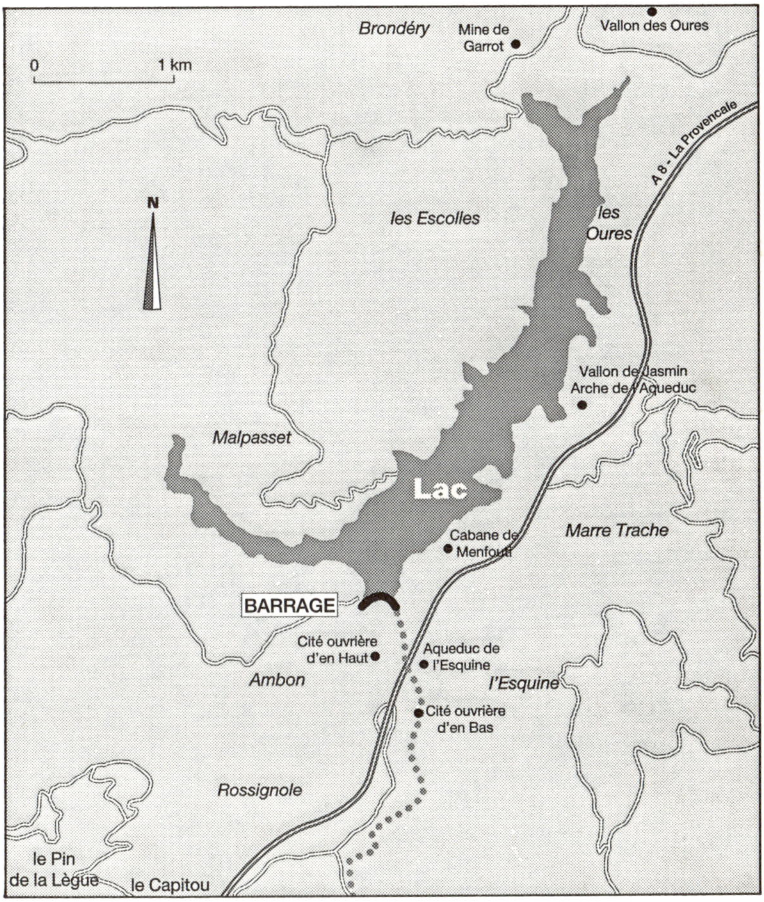

Le Barrage et le lac de Malpasset

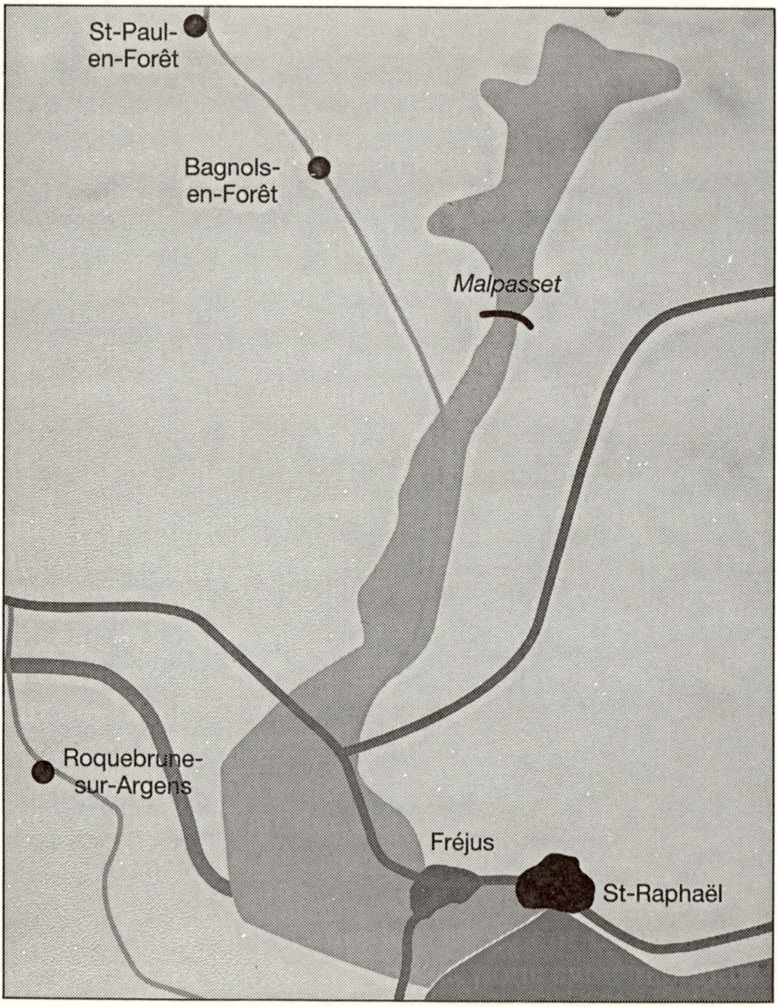

Zone d'inondation dans la région de Fréjus

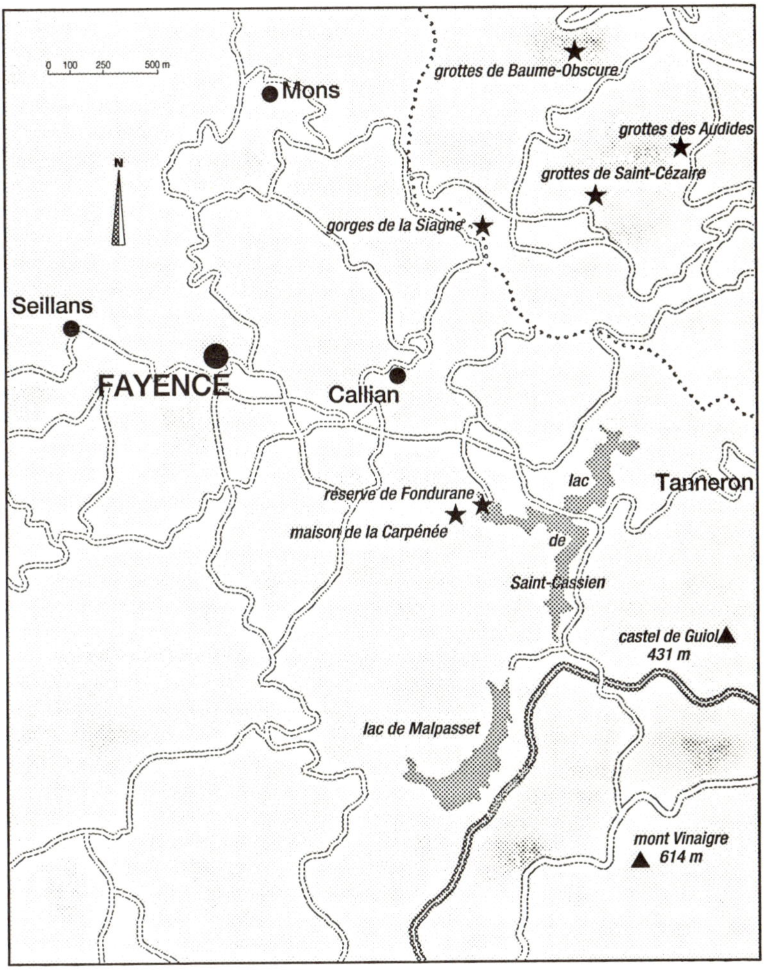

Le lac de Malpasset et le lac de Saint-Cassien
s'ils avaient coexisté (montage)

*Je dédie ce livre à Louis Rebuffel,
facteur à Garrot et au vallon des Oures
dans les années cinquante*

Nosto bastido dou Vierar

Vénes un jour à nosto bastido,
Eiçamoundaut au Vierar, dins li pin
Dins uno soulitudo candido
Souto nosto flame céu azurin.

Plen d'esperanço dins lis endeman
Aquéu béu mas, mis ancian l'an basti
En roussignant « li nou crousto di pan »,
Iéu, vouli pas que toumbe dins l'oublit.

E, per vous gramacia d'estre vengu,
Vouli que vous ressouvengues toujour
Dou cop de l'amista qu'auren bégu,
Escassamen ensén à vost'ounour.

Soutirai de darrié li faissino
Aquéu famous vin cuè de moun paire
Lou dous vélout de sa sabour fino
Vous prouvara coume saup lou faire

Se restas lou vèspre, après tremount,
Veires, quand la niue nous emmantello,
Li fio de Callian e de Montauroun
Que luisison coume lis estello.

Luen di gran tapage de la vilo,
Pourrés crèire que lou tems s'es planta
E qu'un ange dins la niue tranquilo,
La rodo de la vido, a couta.

« Venez, un jour, à notre bastide, tout là-haut, au Villars dans les pins, dans une solitude candide sous notre beau ciel azuréen. — Plein d'espérance dans les jours à venir, ce beau mas que mes anciens ont bâti en rongeant un pain rudement gagné, moi, je ne veux pas qu'il tombe dans l'oubli. — Et, pour vous remercier d'être venus, je veux que vous vous souveniez toujours du verre de l'amitié que nous avons bu, spécialement, ensemble en votre honneur. — Je sortirai de derrière les fagots ce fameux vin cuit de mon père, le doux velours de sa saveur fine vous prouvera comme il savait le faire. — Si vous restez le soir après le couchant, vous verrez, quand la nuit nous enveloppe, les feux de Callian et de Montauroux qui brillent comme des étoiles. — Loin du grand tapage de la ville, vous pourrez croire que le temps s'est arrêté, et qu'un ange, dans la nuit tranquille, la roue de la vie, vient de bloquer. »

Extrait du poème de Rougié Gebelin, qui a reçu la Coupo dou Rimaire 1972 à la « Fèsto de l'oulivié » à Peymeinade.

Avertissement

Il aurait été outrecuidant de ma part de citer sans les avoir connues les victimes de la catastrophe de Malpasset. J'ai donc choisi d'évoquer anonymement leur peur, leur souffrance et leur drame afin qu'on ne les oublie jamais.

De tous mes personnages, seuls André Ferro, Louis Rebuffel, Yves et Yvonne Billaudel, René et Paulette Buralli, Maryse et Dédé Auguet, Arlette et Edmond Rue, M. Blanc, Emaël Latil, Emile Siri et Célestin, existent ou ont existé et tiennent dans ce livre le rôle qu'ils ont réellement eu dans l'histoire de Malpasset.

Les prénoms Henri, Bruno et Viviane ont été choisis en mémoire d'amis récemment disparus.

Violette, Jeanine, Nicole, Monique, Mireille, Yvette ainsi que Gilbert, Claude, François, Gérard, Georges et Zé sont d'autres amis que je salue ici.

Quels que soient leur nom et leur prénom, tous les autres personnages sont fictifs.

Prologue

Gasparine aimait à se souvenir. Assise à l'ombre du tilleul, elle babillait en souriant aux anges comme pour les remercier de ces moments d'abandon qui raccourcissaient de leur douce saveur ses longues journées de solitude.

J'aimais l'entendre à l'infini. Aucun livre ne serait assez long pour y consigner tout ce qu'elle m'a appris. Trésor d'instants oubliés mais prestement réapparus dès qu'elle narrait de sa voix douce et chantante les multiples mésaventures qui, mises bout à bout, avaient fait l'histoire de sa vie.

Par un jour clair et froid, alors que le soleil fatigué se hissait au-dessus du Tanneron, Gasparine murmura lugubrement :

— Aujourd'hui, c'est le 2 décembre, n'est-ce pas ?

J'acquiesçais, surprise, quand, tendant son doigt vers le vallon où demeurent les vestiges de Malpasset, elle finit :

— ... c'est dans la boue de ce maudit barrage que mon pauvre mari a disparu.

Elle essuya une larme :

— On l'appelait Fabrizio.

Après que je l'eus consolée, Gasparine reprit d'une voix plus tranquille :

— Savez-vous que, dans les années qui ont suivi la dernière guerre, la vie était devenue très dure par ici, comme partout en Provence bien sûr.

« Non pas qu'elle fût plus facile avant, Dieu garde, mais tout de même, avec tous ces changements, on ne s'y retrouvait plus. Pour la plupart, c'était la misère. Rares étaient ceux qui allaient bien depuis que la vie moderne leur était tombée dessus.

« Pauvre de nous...

Elle laissa passer un instant :

— Savez-vous ce que veut dire *faïre lingueto* ? Cela veut dire « faire envie ». A cette époque, tout *fasié lingueto* à tout le monde, aux jeunes gens surtout : le cabinet dans la maison, le téléphone qui parle, la télévision qui ensuque, la voiture qui grimpe les côtes toute seule... sans oublier le docteur qu'on dérange pour pas plus qu'un mauvais pet !

Elle se redressa, bras tendus, comme pour interpeller le ciel :

— Coquin de sort, bien sûr que c'était plus facile ! Mais, du même coup, ce n'était plus seulement le percepteur qui sonnait à leur porte mais toutes sortes de choses d'un autre monde. Des factures, encore des factures et paye, paye...

« Et les pauvres de nous, on ne pouvait pas payer.

« Savez-vous que plus les choses se font faciles, plus on devient paresseux ? Les gens de maintenant sont devenus paresseux. Ils ne marchent plus, ils roulent. Ils ne moissonnent plus, ils vont chez le boulanger. Ils ne cueillent plus l'olive, ça ne rapporte pas assez. Ils ont de la brousse en place des biscotos. Ils ne veulent plus se fatiguer.

« La campagne n'est pas plus caillouteuse ni plus sèche que naguère, mais à présent ils ont le goût du plaisir et de la facilité. Voilà ce qui les fait bader ! Ils ne veulent plus de la vieille ferme de leurs pères, les murs y sont trop noirs, et les lits trop petits. Ils ne veulent plus de l'eau qu'il faut hisser des puits et, pas plus, de la lampe qui fume. Vé, sans les ampoules qui s'allument toutes seules, ils mourraient plus vite qu'un rat galeux. Ils pensent tout savoir et n'écoutent plus les vieux. Ils ne veulent surtout pas leur ressembler. En place de nos veillées d'autrefois, ils écoutent la TSF et regardent la télévision de Paris. Et tant pis si, pour payer ces charafis[1], il leur faut aller travailler à la ville.

« Plus personne pour reprendre la forge où d'ailleurs plus guère de chevaux ne viennent changer leur fers, ni de charrues réparer leur soc tordu. A peine leur menton se fait velu qu'ils s'en vont dans les villes du bord de mer pour se mettre le ventre à l'air et les fesses dans l'eau !

« A la descente, les courges y vont !

« Voilà ce qu'on disait de la peine qu'on avait de les voir quitter le pays.

1. Ce bazar.

Gasparine moucha son nez, secoua sa tête puis elle reprit :

— Mais à la vérité chaque mère rêvait de voir son enfant faire le fonctionnaire. Quand on fait le fonctionnaire, qu'il gèle ou que la chaleur cale, on s'en fout !

Son visage laissa fleurir un petit sourire avant de s'attrister à nouveau.

— A Callian comme partout, chaque matin, il y en avait un qui s'en allait. Avant de partir, il fermait ses volets ou bien il enlevait les tuiles de son cabanon pour ne pas payer l'impôt. Les boutiquiers mettaient la clef sous la porte tandis que le menuisier et le cordonnier ne trouvaient personne à qui donner leur savoir et leurs outils.

« Et bientôt il n'est resté, peuchère, que les trop pauvres et les trop vieux... et aussi, Dieu garde, quelques jeunes qui aimaient encore la terre, fût-elle basse et dure.

Gasparine leva un doigt sentencieux :

— Quand même, il y en a beaucoup de ceux-là qui ont laissé leur cœur au pays... Comme Pierre, un de la Roque Esclapon, qui chante chaque fois qu'il revient par ici :

Tan fa de tèms que parteri
tan de tèms que sièu luen
d'aquéu païs de misèro
et li vouèli toujou bèn[1].

1. « Cela fait si longtemps que je suis parti/ si longtemps que je suis loin/ de ce pays de misère/ et je lui veux toujours du bien. »

« Il faut, se décida-t-elle soudain, que je vous raconte comment mon pauvre mari a disparu. Quand je dis "disparu", ce n'est pas dire qu'il est au ciel en place d'être avec nous autres. Non. Aujourd'hui encore, peuchère, je ne sais pas où sont ses os !

C'est alors que, pour mieux expliquer sa peine, Gasparine me confia l'histoire de Violette et de Gilbert, deux jeunes gens qu'on appelle encore ici les amants de Malpasset. Plus secrètement encore, elle me confia aussi l'histoire de Fabrizio, son mari, en s'excusant parfois :

— Fier comme il était, il n'aurait pas aimé que je vous parle ainsi.

Deux confidences parmi tant d'autres drames, petits et grands, qui jalonnent l'histoire d'un pays.

Voilà bientôt dix ans que Gasparine a quitté nos collines, un soir, dans un soupir.

PREMIÈRE PARTIE

VIOLETTE ET MENFOUTI

1

Venant du Piémont à pied, les parents de Violette arrivèrent au pays de Fayence en 1918. En ce temps-là, juste après la Grande Guerre, les campagnes, en deuil de leurs hommes, manquaient de bras en toutes saisons, du labour au blé coupé.

Grand, fort et courageux, le père de Violette n'eut aucune peine à se faire embaucher comme bûcheron et, afin de se rendre aux endroits où se faisaient les coupes, durant vingt ans, il entraîna sa femme d'une forêt à l'autre, le temps d'une coupe, et une bonne coupe peut durer deux ou trois années.

Dans chaque nouvelle forêt, il fabriquait une cabane nouvelle en se servant des matériaux qu'il trouvait à ses pieds, pierres, bois et branches de genêt. Le toit fini, la mère installait le lit et le brasero pour cuire la soupe, puis elle partait à la recherche de poireaux sauvages, d'asperges, d'escargots ou de pissenlits.

Ce fut ainsi que leur fille Violette naquit dans une clairière de la forêt de Spéracèdes, en 1921, par un jour de canicule. Elle grandit comme grandissent les sangliers, l'hiver, crottée de la pointe des pieds aux cheveux, et l'été, à moitié nue, à l'ombre des chênes verts et des genévriers.

Lorsque Violette dut aller à l'école, son père la confia à Fabrizio, cousin éloigné, qui habitait avec sa femme Gasparine à la Carpénée dans un joli bastidon entouré d'un vaste potager.

N'ayant pas eu d'enfant, Gasparine accepta Violette comme un cadeau, comme une poupée de porcelaine que l'on attife avec bonheur et que l'on couvre de baisers. Jamais au monde il n'y eut de fillette plus sage que celle-là. A dix ans à peine, déjà petite mère, Violette élevait avec tendresse trois poupées de chiffon qu'elle faisait vivre dans une cabane de feuillage toute piquetée de fleurs sauvages et d'épis de blé.

Sa mère étant morte quelques années après, Violette vécut chez Gasparine jusqu'à l'âge de dix-sept ans, jusqu'au triste jour où, se souvenant brusquement d'elle, son père descendit de la montagne pour la marier.

Il avait fait tout ce long voyage, expliqua-t-il, afin de donner sa petite à un neveu, envers lequel il avait une dette si lourde et si pressante que seule sa jolie fille pouvait l'en libérer.

Ensuite, grisé par trop de lampées de marc, il confia à Fabrizio que ce neveu — « une pâte d'homme » précisa-t-il — possédait une maison à Callian. Une vraie maison de pierres et de tuiles, haute de deux étages et bien à lui. Le pauvre homme qui ne possédait rien, pas même les cabanes dans lesquelles il dormait, la décrivit longuement, yeux mi-clos, apaisé, comme s'il s'y voyait déjà vieillir.

En ce temps-là, la volonté d'un père ne se remettait pas en cause. Alors donc, et même si, de ses larmes, elle eût pu rendre son cours au ruisseau, Violette épousa son cousin au mois de mai 1938.

Deux enfants naquirent aussitôt, l'un en janvier 1939, l'autre en décembre de la même année. Les deux nourrissons tétaient encore lorsque leur père se tua en tombant du toit de la maison dont il réparait la cheminée.

Le sort, parfois, est insistant et cruel. Bien que veuve et deux fois mère à l'âge où d'ordinaire les jeunes filles dansent dans les fêtes, Violette se rendit vite compte que son aînée, Viviane, n'était pas une enfant comme les autres. A trois ans, la pauvrette ne marchait pas encore, à cinq, elle ne disait pas un mot. Enfin, comme si la malheureuse n'avait pas eu son compte de misère, la poliomyélite faillit bien emporter son fils et, n'y réussissant pas, elle le lui laissa infirme.

Depuis lors, à Callian, il n'était pas rare de voir une jolie femme brune et rieuse descendre ou monter les ruelles en tenant d'une main une simplette et de l'autre un gamin traînant derrière lui une jambe cerclée de ferraille et pas plus grosse qu'une patte de cabri.

Les premiers temps, lorsqu'elle allait passer un dimanche au bastidon de la Carpénée, Violette disait à Gasparine :

— C'est vrai que je n'ai pas eu de chance mais, vois, tata, je suis jeune encore, je me remarierai bientôt !

Hélas, l'ouvrage manquant, la plupart des jeunes gens étaient partis gagner leur vie loin du village où ils avaient grandi. D'homme pour la bagatelle, il n'en aurait pas manqué, mais il n'y en eut point pour épouser Violette et prendre en charge ses deux petits.

— Comment veux-tu ? disait Gasparine. Deux pauvres enfants à jamais bons à rien sinon à se mettre à table et à changer sans cesse de pointure de souliers !

Violette voulut alors partir, elle aussi, pour la ville. Elle en rêvait et disait à Gasparine :

— Là-bas, je gagnerai plus, mes enfants seront mieux soignés et je trouverai vite un homme pour me remarier !

— Prends garde, répondait la bonne vieille. Prends garde à ton rêve et rappelle-toi ce qu'on dit de celui de la ville : « Touche-lui la main et tourne-lui le dos ! » Réfléchis bien avant de quitter ta courette d'où l'on voit la terre tout entière et ta maison sans loyer à payer. Et puis encore ton village où chacun, connaissant ton malheur, t'aide et ne te laissera pas manquer. Et puis surtout les campagnes alentour où tu peux aller cueillir la fleur ou l'olive sans te séparer de ta petite. Là-bas, il n'y aura pas de place pour tes enfants. Dans les rues, on les regardera comme on regarde les singes du cirque, on leur fera des grimaces qui les feront pleurer. Et puis quoi ? Ici, tu as toujours su gagner de quoi manger ! Prends garde à la ville, petite. La ville est barbare, ceux qu'elle prend, elle ne les rend jamais !

Gasparine se lamentait doucement :

— Que feras-tu sans nous autres pauvres qui t'avons élevée ?

Violette, bien sûr, renonça à son projet. Ce qui fit que, bien des années plus tard, toujours seule mais toujours sage, elle se rendait inlassablement dans les fêtes en espérant y rencontrer l'homme qui la demanderait.

En attendant ce grand jour et n'ayant pour toute consolation que son grand courage et sa bonne santé, du matin au soir, elle travaillait. En saison, elle cueillait la rose, le jasmin, l'olive ou la grappe et, le dimanche, elle faisait des lessives chez les bourgeois de Callian et de Montauroux.

2

La ferme du Puits du Caillou se cache encore sur les hauteurs de Callian, sur ce magnifique palier plein d'ombre et de douceur où l'on s'attarde un instant avant de s'engager dans les lacets qui montent vers la montagne bleue.

La ferme du Puits du Caillou est une jolie maison composée de deux bâtiments bien différents et cependant curieusement accolés l'un à l'autre. On peut imaginer que, jadis, celui de droite, bâti en pierres de taille, orné de riches linteaux et coiffé d'une élégante tour carrée, servait de pavillon de chasse alors que celui de gauche, plus rustique, abritait la famille d'un fermier.

Pancrace Miquelet avait acheté cette campagne — pour pas grand-chose — à un qui s'en était allé chercher fortune à Fréjus en y plantant des hectares de vignes. Il l'avait acquise bien avant la Première Guerre, au temps où la campagne était prospère, au temps où il exerçait la profession de marchand de grains et d'engrais.

Pancrace Miquelet était un homme riche, même s'il lui prenait les trois sueurs chaque fois qu'il lui fallait mettre la main au porte-monnaie. Grand et froid comme un pain de glace, il était redoutable et redouté. Le dimanche, s'il s'asseyait au café, il ne blaguait avec personne, pas même avec les joueurs de belote ou de pétanque. Il semblait leur faire une grande faveur lorsqu'il les saluait.

— Peut-être bien que le bon Dieu lui a mis deux nombrils sur le ventre, disait-on en le regardant passer.

La fortune de Pancrace Miquelet datait du temps où il vendait grains, semences et fourrage à tous les cultivateurs et à tous les charretiers. De ce commerce, il lui était resté une détestable réputation que Louis, le facteur, expliquait ainsi :

— Vé, il vendait des plants malades en même temps que les remèdes pour les soigner...

Mais ce n'était pas là le seul reproche qu'on lui faisait. Aujourd'hui encore, il n'y a qu'à écouter les vieux en parler :

— Oh pauvre, comme filou, on n'a jamais fait mieux. Jadis, lorsqu'un de ses clients venait quémander quelques sacs d'avoine sans avoir de quoi les payer, Pancrace Miquelet lui tapait amicalement sur l'épaule et lui disait : « Va, l'ami, prends ce qu'il te faut pour nourrir tes bêtes ! Signe ce papier et reviens me voir quand ça ira mieux. »

Bénissant saint Pancrace, le pauvre homme prenait son grain et s'en allait ravi tandis que le marchand glissait soigneusement la reconnaissance de dette dans un tiroir secret. Ensuite, il laissait passer deux ou trois saisons, ajoutait soigneusement les intérêts au principal, et enfin, dès que l'addition devenait rondelette, il rejoignait son débiteur sur le jeu de boules et l'entraînait à part pour lui dire :

— Té, tu me dois mille francs au jour d'aujourd'hui.

— Boudiéu ! tant que ça ! s'écriait le malheureux, mais c'est que je ne peux pas te les donner !

— Mais moi, pauvre, ils me font manque. Il me les faut de suite, de suite, entends-tu !

Et comme l'autre restait hébété, le marchand devenait sévère :

— Fan des pieds, tu ne vas pas tout de même m'obliger à te traîner devant le juge ?

Les yeux exorbités, le débiteur s'affaissait sur un banc, prêt à pleurer.

— Il y aurait peut-être un arrangement, lui glissait alors Pancrace. Pourquoi ne pas me céder la petite terre des Coulettes, celle que ta mère t'a laissée ?

La plupart du temps, l'homme acceptait l'odieux marché, trop heureux de ne pas être amené devant un tribunal, trop heureux de ne pas avoir à donner un argent qui lui manquait.

En résultat de toutes ces contestables manœuvres, d'ares en centiares ajoutés, à soixante-dix ans passés, Pancrace possédait la moitié du canton en une quinzaine de plus ou moins gros lopins de terre éparpillés. Par ici, une belle forêt dont il tirait le bois ; par là, une demi-douzaine de vignes dont il vendait le vin ; plus loin, une centaine d'oliviers, des meilleurs, ceux de la Chènevière, dont il tirait de l'huile, sans parler des petites plaines où il faisait de la lavande, de la vigne, des fleurs ou du blé. Loin d'être l'essentiel, à tous ces biens il fallait ajouter les cinq maisons de Grasse que ses bénéfices avaient payées.

La cupidité ne suffirait pas à décrire Pancrace si on n'y ajoutait pas l'avarice. Et comme sa femme Maria était raspiasse aussi — « elle n'aurait pas donné la merde qui lui tombe du cul », disait-on —, les Miquelet et leur fils Gilbert vivaient comme des pauvres miséreux.

Gilbert était leur unique fils depuis que les deux aînés, deux garçons superbes, étaient morts, l'un après l'autre et dans la même année. Le premier, de la grippe espagnole. Le deuxième, alors qu'il marchait à peine, noyé dans un bassin plein d'eau glacée. Maria était bien proche de la cinquantaine lorsque, comme un cadeau tombé du ciel, ce troisième garçon lui avait été donné.

Dès lors, jamais, nulle part au monde il n'y eut d'enfant plus choyé et plus surveillé que Gilbert Miquelet. Le malheureux pitchoun dut attendre de fêter ses trois ans avant de faire un pas sans être soutenu. Plus tard, il ne put jamais escalader un arbre ni tenter une escapade à travers la campagne sans être poursuivi par des hurlements alarmés. Jamais il ne put éternuer sans qu'on s'inquiétât de sa fièvre. Il n'alla guère à l'école, lieu où toutes les misères du monde s'attrapent juste du besoin d'ouvrir la bouche pour respirer.

Alors qu'il la dépassait d'une tête, Maria présidait encore à la toilette de son fils. Pliée en deux, elle laçait ses galoches puis, dressée sur la pointe des pieds, elle passait le peigne dans ses cheveux.

A douze ans, yeux baissés, Gilbert mettait encore ses pas dans les pas de sa mère qui l'accompagnait partout. Lorsqu'une passante le questionnait, c'était elle qui répondait.

Lorsque Gilbert devint un beau gaillard, encore balourd, il faisait des yeux de gobie chaque fois qu'on lui demandait son avis. Peu entraîné à penser par lui-même, le malheureux bafouillait puis, à chaque fois, il jetait, pour en finir :

— M'en fouti[1] !

Ce qui fit qu'on l'appela « Menfouti ».

A l'âge du conseil de révision, on ne sut jamais par quelle entremise favorable Menfouti ne partit pas faire son service national avec les conscrits. Cependant, une fois la mauvaise humeur passée, tout le monde s'entendit pour dire que l'armée française se passerait aisément d'un benêt comme celui-ci.

Menfouti était pourtant un gentil garçon qui, s'il n'avait été tant couvé, aurait fait un jeune homme parfait. Il était doux et sans malice.

On disait de lui : « C'est un bon petit. »

1. « Je m'en fous ! »

3

L'histoire du barrage de Malpasset commença en 1945, juste après la Libération, au moment où le peuple de la Provence d'alors, encore meurtri de ses divisions passées, avait besoin de projets fédérateurs pour reprendre courage et retrouver sa bonne humeur perdue.

Dans le département du Var, il est courant de dire que l'eau vaut de l'or, mais c'est beaucoup espérer puisque tout l'or du monde ne pourrait faire que la pluie tombe d'un ciel toujours bleu.

Le berger Joseph qu'on appelait Zé avait coutume de dire :

— On peut recouvrir tout mon jardin d'or fin, ce n'est pas ça qui fera pousser mes pommes d'amour.

Parce qu'il souhaitait mettre en œuvre un projet qui — tout en assurant sa réélection — enthousiasmerait les Provençaux, le maire de Fréjus et conseiller général d'alors lança l'idée de faire édifier un barrage destiné à l'irrigation des terres et à l'alimentation en eau de sa cité. Se souvenant bien à propos que les Romains, en leur temps, avaient construit à Mons un barrage sur la

Siagnole pour alimenter l'antique Fréjus, se souvenant encore que l'eau acheminée par la roche taillée puis par des aqueducs dont les solides ruines, deux mille ans après, parsèment encore le pays, il en parlait ainsi :

— Le barrage que je propose, clamait-il, contentera chacun d'entre nous. En tout premier lieu, nos agriculteurs, en leur assurant l'arrosage régulier de leurs magnifiques vergers de pêchers. En outre, ce barrage fera que les Fréjusiens ne subiront plus de restriction d'eau durant les mois d'été. Ce barrage, enfin, permettra de répondre favorablement à toutes les demandes concernant l'activité touristique, activité florissante, un peu plus chaque année...

Bien que ce projet ne fît pas — le contraire eût été surprenant — l'unanimité politique, un géologue fut mandaté afin d'étudier la faisabilité d'un barrage dans la vallée au creux de laquelle coule — ou ne coule pas — un ruisseau nommé le Reyran.

L'homme de science parcourut l'endroit en se contentant d'étudier la qualité et les particularités des roches qui le composaient. Son mandat ne l'obligeait sans doute pas à s'inquiéter du débit du ruisseau, sinon, il aurait certainement noté que, n'ayant pas de source propre, le Reyran n'était en somme qu'une goulotte d'évacuation des eaux de ruissellement, goulotte qui se faisait parfois torrent mais qui serait à sec trois mois sur douze.

Las, l'année suivante, le maire de Fréjus, initiateur du projet, ayant disparu de la scène politique, on ne parla plus guère de ce barrage dans les journaux. Lassés d'attendre, les agriculteurs de la basse vallée du Reyran se résolurent à prendre leur problème d'irrigation en main et, à force de travaux, que ce soit par citernes, par forage ou par pompage, ils réussirent bientôt à subvenir à leurs besoins en eau. Les municipalités firent de même, si bien qu'en 1950, lorsque le projet sembla reprendre forme, la plupart des Varois l'accueillirent avec impassibilité.

Dans les colonnes des journaux, on en parlait comme d'un « serpent de mer », bête mythique qui apparaissait et disparaissait jadis au gré des saisons, ou bien comme d'un conte merveilleux dont on vous narre sans cesse le début mais dont on ne connaîtra jamais le dernier mot.

En ce 9 août 1950, à Callian, petit village du haut Var, c'était le jour de la Saint-Donat.

A la ferme du Puits du Caillou, la famille Miquelet achevait de souper. Tandis que le père, Pancrace, dégustait un ultime morceau de fromage de brebis, sa femme et son fils se taisaient et attendaient. Prunelles immobiles, Pancrace prenait le temps de savourer son plaisir. A chaque bouchée, ses mauvaises dents écrasaient la pâte et le pain dans un roulement continu de meule jusqu'à ce que ses lèvres laissent entendre des bruits de succion suivis d'un clappement repu. Brisant ce presque silence, Gilbert Miquelet repoussa sa chaise et dit :

— Je m'en vais faire un tour.

De stupeur, Maria eut un hoquet.

— Qué tour ? Où vas-tu ?

— A la fête de Saint-Donat.

Les yeux de Maria s'agrandirent. Déjà son cœur tambourinait comme à chaque fois que son fils s'éloignait du logis. Elle le suivit jusqu'à la chambre et, tandis que Gilbert enlevait ses galoches, elle gronda d'une voix bourrue.

— Et pourquoi t'y vas ? T'as rien à y faire.

— M'en fouti, c'est la fête, j'irai quand même.

— Il y a encore de l'ouvrage, il ne se fera pas tout seul !

— M'en fouti, j'ai besoin de prendre l'air.

Maria revint vers Pancrace dans l'espoir d'y trouver un secours :

— Ton fils s'en va à la Saint-Donat.

— Faut bien qu'il s'amuse, répondit le vieux.

Maria sembla alors se résigner. Elle revint à pas pressés vers la chambre, ouvrit l'armoire pour en sortir un caleçon propre, une chemise blanche, un gilet, une paire de pantalons et une veste qu'elle entreprit de brosser. Elle ne détourna pas son regard lorsque son grand fils ôta ses vêtements sales, pas plus qu'elle ne le laissa seul tout le temps de sa toilette devant l'évier.

Lorsque Gilbert fut habillé de propre, Maria courut fouiller le tiroir de la commode afin d'en extraire une paire de chaussettes mille fois reprisées. Elle s'apprêtait à les lui enfiler, son dos se pliait, lorsque son fils les lui arracha des mains avec autorité :

— Donne, je sais faire, va !... Et laisse-moi tranquille, je te prie !

Maria pinça les lèvres. C'était la première fois que son fils déparlait ainsi !

Lorsque Gilbert fut prêt, elle le retint par le bras :

— Tu ne boiras pas, dis ?

— J'ai jamais bu.

Maria se renfrogna et siffla :

— Dans les fêtes, il n'y a que des empégués[1]...

Gilbert passa le pas de la porte comme s'il n'avait rien entendu. Alors qu'il posait son chapeau sur sa tête, une fois encore, Maria se planta devant son mari :

— Vé ! Le petit s'en va.

Mais le vieux Pancrace souleva seulement les paupières.

— Faut bien qu'il s'amuse, redit-il.

Lorsque, par la fenêtre, Maria vit son fils sortir sa moto de la remise, elle reprit la lutte. Elle clopina jusqu'à la porte pour crier :

— Laisse la moto ! Vas-y à pied, il fait nuit bientôt, tu vas te tuer !

Lorsque Gilbert s'élança bruyamment sur le chemin, elle réunit ses dernières forces pour se faire entendre par-dessus les ronflements de la machine :

— Ne bois pas, hein, et n'enlève pas ta veste !

Ses mains levées au ciel se replièrent en prière vers sa poitrine. Elle gémit :

— Ce petit me fera mourir...

Si elle n'avait pas tant souffert de sa jambe, Maria serait descendue au village elle aussi. Pas pour s'amuser ou pour danser, Dieu garde, mais pour empêcher son fils d'entrer au café et, plus encore, pour l'empêcher de s'enivrer. Elle était inquiète. Gilbert, naguère si doux, lui tenait tête aujourd'hui. Elle ne le reconnaissait plus.

Cependant, Maria n'était pas femme à s'avouer vaincue. Elle revint vers la ferme en maugréant :

— Faudra bien qu'il m'obéisse !

1. Ivrognes.

Main sur la poignée de la porte, elle se figea soudain :

— Peut-être bien qu'il s'est mis quelque cotillon en tête ? Sacré pétard des hommes ! Je sais bien de quoi ils sont capables dès que la barbe leur pousse... Ils iraient les jambes en l'air. Et les filles, donc ! A présent qu'on leur voit la culotte par-dessous leur robe de rien du tout...

Les yeux fixes, le cou tendu, elle chercha à se souvenir :

— Laquelle ce serait ?

Elle fit, de mémoire, la liste des filles à marier :

— Nicole ? Yvette ? Monique ? Oh pauvre !

Mais à la vérité, que cette fille soit une bagasse ou une proprette, Maria s'en fichait, elle ne voulait tout simplement pas qu'une femme lui vole son fils.

Elle gronda une fois de plus :

— Celui-là me fera mourir...

4

A son début, le Reyran court dans une douce vallée qui naît entre les villages de Saint-Paul et de Bagnols-en-Forêt, douce vallée qui, en ce temps-là, ondulait entre des collines dépouillées de leur verdure depuis qu'en 1943 un immense incendie avait ravagé la magnifique forêt qui les recouvrait. Le feu avait duré deux semaines et dévasté le pays de Vidauban à Mandelieu. Certains disaient que les Allemands l'avaient allumé afin de mieux combattre ceux des maquis. D'autres disaient en secret que, dans les forêts, les herbes que broutent les troupeaux poussent mieux lorsque le feu y est passé.

Dix ans après, quand commence cette histoire, les ronces, la bruyère et quelques chênes-lièges rabougris parsemaient chichement les versants tandis que, seules, les berges du Reyran avaient retrouvé leur parure d'aulnes, de bouleaux, de frênes et de peupliers.

Au lieu-dit Malpasset, les collines se resserrent, deviennent gorge et obligent le cours du Reyran à se faufiler entre leurs flancs chaotiques avant de le laisser filer droit vers le sud, vers la Vallée rose puis vers Fréjus.

En ce temps-là, sur le bord du Reyran, presque à son début, existait une mine de spath fluor, en pleine exploitation, dont le minerai, calcaire précieux, était utilisé comme fondant dans les hauts-fourneaux des aciéries. Ses galeries s'étendaient largement et descendaient jusqu'à soixante-quinze mètres sous terre, elles passaient même sous le ruisseau dont l'eau détournée était utilisée pour laver le minerai.

La concession de cette mine avait été cédée à une compagnie dont le président-directeur général était aussi polytechnicien, ingénieur des Mines, colonel et chef de réseau durant la résistance, déporté, torturé et enfin arraché à la mort par des parachutistes anglais. Ce n'était pas, loin s'en faut, un personnage transparent, ni un pauvre hère dépourvu de solides amis. Cet homme était même considéré comme un héros depuis que, en 1943, il avait volontairement noyé sa mine afin que sa manne ne puisse pas rendre service à l'ennemi.

La route qui desservait Garrot et, tout autant, la mine elle-même devant être noyées par les eaux du barrage dont on parlait, il est clair que dès qu'apparut le projet, le concessionnaire ainsi que le propriétaire firent tout pour l'empêcher.

Maria ne s'y était pas trompée. Si, ce soir-là, et pour la première fois de sa vie, son fils descendait seul au village, c'était parce qu'il avait l'amour en tête. Cela faisait belle lurette que Menfouti lorgnait les filles le jour et pantaillait[1] la nuit, mais, depuis peu, il connais-

1. Rêvait.

sait celle qu'il désirait, et ce grand béguin le rendait fou.

Arrivé au village, il rangea sa moto contre le mur de l'église, juste à côté de l'étalage de nougat et de fougassettes de madame Venturini. Sur la place, déjà, le bal battait son plein. Comme le chevreau revient vers sa mère, les enfants partis à la ville étaient accourus pour honorer de leur présence leur fête votive.

Menfouti s'arrêta devant l'orchestre, juste pour le plaisir d'entendre les musiciens chanter et jouer à tour de rôle tandis que le père Gourdon, qui les menait à la baguette, se démenait comme un épouvantail à étourneaux.

Vieux et jeunes tourbillonnaient, d'autres buvaient aux terrasses. Menfouti s'approcha de ces derniers attablés et, pour les saluer, il souleva plusieurs fois son chapeau. Il les écouta un moment, mais, à son habitude, il ne dit pas un mot. Que ce soit au Cercle, au Petit Vatel ou aux Marronniers, tous parlaient du fameux barrage qui allait être construit pas très loin de chez eux, en plein milieu de ce moutonnement de collines qui s'étend vers le sud.

Chacun y allait de son avis, rien que pour le plaisir de blaguer. La plupart parlaient sans savoir, les plus malins répétaient ce qu'ils avaient lu le matin même dans les journaux. Un de ceux-là, très fier, décrivait avec force gestes de mains et de bras comment était fait un barrage. Les autres se moquaient de lui :

— Oh coquin de Dieu, heureusement que c'est pas toi l'ingénieur !

— Ton barrage ne retiendrait pas l'eau de mon pastis !

D'autres encore se demandaient quelle hauteur aurait le mur.

— Oh fan ! Plus de vingt mètres pour le moins...

— Oh malheur ! Tant que ça ?

Louis, perspicace, réfléchissait tout haut :

— Je me demande bien pourquoi faire un lac avec l'eau du Reyran pour ceusses de Fréjus vu que le Reyran, c'est aussi leur rivière, et qu'ils pompent dedans depuis toujours !

Un autre doutait de tout :

— Vé, y a bien des jours où le Reyran est sec comme la pierre et d'autres encore où il coule à peine comme je pisse. Ce n'est que l'hiver qu'il se fait torrent, et l'hiver, on n'a pas besoin d'eau !

— Té, couillon, expliqua l'autre, c'est pour ça le barrage ! Il se remplit quand il pleut et on s'en sert quand il fait sec !

Les pêcheurs, eux, étaient contents :

— S'il se fait un lac, on va pouvoir aller y pêcher les barbillons, la chevenne et le barbeau !

Après avoir vaguement salué quelques autres consommateurs, Menfouti préféra aller s'appuyer contre un mur à peu de distance du café des Marronniers. Des jeunes filles allaient et venaient. D'autres, par petits groupes, louchaient avec gourmandise vers la piste de danse qu'une guirlande de buis séparait des curieux et des badauds. Au premier rang des spectateurs se tenaient toutes les mères et toutes les grands-mères des environs. Assises coude à coude, l'œil dirigé vers les danseurs, elles étaient à l'affût du moindre geste tendre, d'un simple regard enjôleur, de la moindre manœuvre coquine. Aux aguets, elles notaient toutes les bagatelles suspectes, indices savoureux qu'elles échangeraient et commenteraient le lendemain au lavoir tout en frottant leurs draps ou en faisant bouillir leur lessive.

Petits riens qui feraient la rumeur.

Rumeur redoutable qui, à cette époque, servait de garde-fou aux jeunes filles.

Menfouti, lui, regardait droit vers la rue Ramade, il attendait sa Violette, et l'impatience le faisait trembler. Il se moquait bien des deux pichots bancals de la pauvrette. Pour un baiser d'elle il aurait pris en charge tous les mal foutus du canton. Il l'aimait à en perdre la tête, il l'aimait à en oublier sa mère qui, la chose était certaine, ne le laisserait pas se marier ainsi.

Violette n'arriva que fort tard. Elle passa devant Menfouti et le salua gentiment.

— Va bèn ? lui sourit-elle.

— Va bèn, répondit-il, levant à peine les yeux.

Violette fit un petit tour de-ci, de-là, à pas pressés, saluant quelques voisines, puis elle s'appuya contre un platane, face à la piste, au-delà du cordon policé des mères et des grands-mères attentives.

Menfouti tanqué contre son mur, Violette appuyée à son arbre, tous deux étaient à la fête sans y être vraiment. Menfouti épiait Violette, Violette se morfondait devant les couples qui se tenaient enlacés.

Dix heures sonnaient à la grande horloge lorsqu'un de Fayence s'approcha d'elle pour l'inviter à danser.

Aussitôt, pour ne pas défaillir de tristesse, Menfouti fit mine de s'intéresser à un mégot qui traînait à ses pieds. Lorsqu'il releva le front, le couple virevoltait juste devant lui.

Les yeux tristounets de Violette rencontrèrent alors les yeux tristounets de Menfouti.

A cet instant, et pour la deuxième fois, elle lui sourit.

Menfouti, aussitôt, reprit courage et, lorsque la jeune femme abandonna, sans regret, son danseur, il s'en approcha avec au cœur un grand espoir et lui dit :

— Tu t'amuses bien ?

— Bé, pas trop, répondit-elle, il n'y a guère de monde cette année.

Ce n'était pas vrai. Du monde, il y en avait tout autant que les années précédentes. Violette voulait simplement dire que, cette fois-là encore, il y avait les mêmes hommes, tous mariés ou fiancés, tous trop jeunes ou trop vieux, et qu'une fois encore, elle n'y rencontrerait pas celui dont elle rêvait.

Voyant Violette s'attrister, Menfouti fit un effort pour inventer un mot qui lui rendrait son sourire :

— Veux-tu du nougat ? lui demanda-t-il.

— Nanni, ça colle aux dents !

Et puis elle rit, d'un rire qui n'était pas réellement joyeux. Peu importe, le rire délicieux de Violette s'éleva et monta à la tête de Menfouti pour l'étourdir un peu plus. Grisé, il laissa alors échapper les cinq mots doux qu'il avait en tête depuis belle lurette. Ils glissèrent de sa bouche aussi prestement que le parfum s'échappe d'une bouteille d'anis.

— Me marierais-tu, dis, Violette ?

Violette tourna vivement la tête et le fixa de ses yeux ronds, deux plis étonnés au coin de ses lèvres roses et charnues. Elle l'examina un bon moment avant de jeter :

— Toi ?

Menfouti rougit mais, de la tête, une fois encore, il dit oui.

Elle ne rit pas, elle ne se moqua pas. Elle eut une moue gentille, un tantinet indulgente, comme une mère pour son petit :

— Peuchère, mais je suis trop vieille pour toi !

— M'en fouti. T'es belle !

Sous le compliment, Violette papillonna des paupières puis, soudainement attristée, elle se retourna vers la piste. Après avoir suivi des yeux un couple qui valsait, elle revint vers Menfouti pour demander :

— Un vrai mariage ?

— Sûr !

— Tu prendrais aussi mes petits ?

— Sûr !

Sous cet accord jeté comme une évidence, le visage de Violette s'éclaira comme un phare, mais l'instant d'après, comme lui, il s'éteignait :

— Ta mère ne voudra jamais.

Tant il était bouleversé d'être arrivé si près du but que Menfouti osa gronder :

— M'en fouti. Puisque je te veux, elle voudra aussi !

Mais Violette secoua son chignon en répétant :

— Pense un peu ! Elle ne voudra jamais, ni de moi ni, surtout, de mes petits.

Si près de Violette que son souffle soulevait ses cheveux, Menfouti tremblait d'une fièvre qui n'en finissait plus. Sa passion lui chuchota d'insister encore et ses lèvres parvinrent à prononcer quelques mots, ceux qui décrivaient le plus beau d'entre tous les rêves de toutes ses nuits :

— Viendrais-tu faire un tour en moto ?

Stupéfaite, Violette mit sa main sur sa bouche pour s'empêcher de rire, mais elle rit quand même, visage radieux tendu vers lui. Ce rire glaça Menfouti. Il souffrait mille morts quand, soudain, elle dit dans un murmure :

— Pourquoi pas ?

Finaude, elle ajouta aussitôt, soucieuse de ne pas se faire épingler par la cohorte des matrones curieuses :

— Va de ton côté, va, on se retrouve à Saint-Roch !

De toute sa vie d'enfant gâté, Menfouti ne se souvenait pas d'autant de bonheur reçu d'un seul coup. Des millions d'étoiles éclairèrent sa route lorsqu'il fila vers la place Saint-Antoine, puis il enfourcha son engin comme si vingt diables couraient derrière lui. Violette, elle aussi, eut du mal à retenir ses mollets. Elle s'efforça de parcourir sagement la rue Ramade comme si elle rentrait au logis, mais en réalité, elle se sentait toute réconfortée, toute joyeuse.

Elle que les malheurs avaient saisie au sortir de l'enfance, elle qui n'avait pas eu le temps de flirter ni même de rêver d'amour, était prête à tout braver pour connaître les frissons d'une escapade au clair de lune.

Tout en avançant, elle se disait qu'il faisait bon perdre la tête et que cette fête-là au moins ne se terminerait pas comme les autres, par un retour à la maison, seule, déçue, bras ballants et le cœur vide.

Que risquait-elle à suivre Menfouti ? Elle le connaissait bien, allez ! Elle l'avait vu naître et pousser, toujours balourd, toujours accroché à la main de sa génitrice. Elle le savait brave, incapable de se faire méchant.

Violette savait bien que Menfouti était amoureux d'elle. Huit jours plus tôt, alors qu'au petit matin elle traversait la route, en la frôlant, sa moto l'avait fait trébucher. Elle se souvenait du tourment qu'il en avait eu. Il répétait sans cesse :

« T'as pas de mal, dis, Violette ? »

Il la tenait par le bras, l'examinait avec ses bons yeux :

« Tu m'en veux pas, dis, Violette ? »

Elle avait ri :

« Bien sûr que je t'en veux, vois, je suis toute graffignée ! »

Penaud, il avait regardé ses genoux.

« Il faut mettre de l'eau, viens jusqu'à la fontaine.

— Mais non, ce n'est rien.

— Sûr ?... C'est que je t'aime bien, tu sais. »

Violette était partie très vite en jetant :

« Adéssias, Gilbert ! Porte-toi bien »...

Elle se souvenait parfaitement de cet incident bénin mais plus encore du réconfort qu'elle avait ressenti :

« Parbleu, l'amitié apporte toujours du plaisir ! » s'était-elle dit.

Onze heures sonnaient quand la moto de Menfouti emmena Violette vers la vaste plaine de Fayence qui, sous la froide lune, se reposait enfin du soleil de midi.

Pour ne pas tomber, Violette serra sa poitrine contre le dos tiède de Menfouti et s'en trouva infiniment heureuse, comme rassérénée. Ensuite, elle s'étonna des ombres des forêts et des lumières des étoiles tout comme s'il lui avait fait traverser l'Amérique ou la Chine alors qu'il l'emmenait tout simplement vers Bargemon où une fête foraine s'était installée. Ils s'y promenèrent, inconnus dans la foule, riant et se moquant de tout comme le font les enfants dissipés.

Sans doute Menfouti sut-il être charmant puisque Violette s'amusa jusqu'à tout oublier, son âge, ses peines et même ses deux petits.

Le cœur de la pauvrine était si vide et si aimant qu'il s'attendrit de tout ce que Menfouti lui offrit pour pas un sou : sa douceur, sa balourdise, son grand amour tout neuf et ses promesses de vie en famille.

Si bien que ce fut elle qui, alors qu'une heure sonnait à l'horloge de la tour, passa son bras autour de la taille du garçon, ce fut elle encore qui colla son corps à son corps. Ce fut elle, enfin, qui le rendit fou en l'embrassant sur la bouche.

5

Ce 19 mai 1951, à la préfecture de Draguignan, la séance de travail, menée par le préfet en personne, avait été tout aussi passionnante que la lutte opposant le génie rural aux Ponts et Chaussées avait été passionnée.

Durant les années précédentes, les Ponts et Chaussées s'étaient proposés pour construire deux retenues aux proportions modestes : une sur la Siagnole qui serait complétée par la réfection du canal romain, et une autre sur le Biançon.

Le génie rural avait proposé un seul barrage sur le Reyran.

Avaient suivi de longues et nombreuses discussions et, en conclusion de ces profitables échanges, ce 19 mai 1951, les autorités préfectorales et politiques devaient choisir entre deux avant-projets proposés par les deux parties.

Le premier, présenté en commun par le génie rural et les Ponts et Chaussées, comprenait deux barrages, un sur le Biançon, l'autre sur le Reyran. Barrages destinés à alimenter non seulement la plaine de Fayence mais aussi les villes de la côte varoise, de Sainte-Maxime à Fréjus.

Le second, présenté par le génie rural seul, était un projet beaucoup plus ambitieux. Il s'agissait d'un barrage colossal installé sur le Reyran, barrage qui aurait l'avantage, par l'énormité de la masse d'eau retenue, de résoudre d'un seul coup tous les problèmes d'irrigation et d'alimentation en eau des environs de Fréjus.

Le préfet fut tout de suite conquis par celui-ci.

Afin de rassembler les diverses sensibilités politiques, il précisa :

« Les cultures de pêchers, de primeurs et de fleurs sont, bien entendu, une grande richesse pour toute notre région. Mais n'oublions pas que, chaque année un peu plus, les petites villes de la côte voient leur population décupler pendant l'été. Le tourisme est en passe de devenir l'activité principale de notre département. Il emploie déjà des milliers d'hommes et de femmes, mais grâce à la certitude de pouvoir disposer de millions de mètres cubes d'eau, nous pourrons agrandir le parc hôtelier, créer de nouveaux commerces et construire d'autres habitations. »

Le projet des deux petits barrages, plus coûteux, fut aussitôt rejeté et, de ce fait, commença ce jour-là la rivalité sourde qui désormais allait opposer le génie rural aux Ponts et Chaussées.

Le représentant du génie rural emporta définitivement la maîtrise de l'affaire en précisant qu'il n'existait pas au monde d'homme plus compétent en matière de barrage que l'architecte auteur du projet en question, homme qui se trouvait être aussi le directeur du bureau d'études qui le construirait.

Le représentant du ministère de l'Agriculture proposa aussitôt un financement à la hauteur de soixante pour cent. Le Crédit agricole enchaîna en offrant les quarante pour cent restants.

Le conseil général, lui, serait chargé d'indemniser les propriétaires de la vallée du Reyran — il n'y en avait que quatre, sans compter la compagnie minière de Garrot. Mais, étant donné que la concession de la mine arrivait, selon les renseignements, à son terme dans moins de trois années, l'indemnisation devrait être raisonnable et ne pas grever, plus que de raison, le budget.

Restait à déterminer où l'ouvrage serait construit. Le maire de Fréjus reprit aussitôt la parole et dit :

— Selon l'éminent professeur, expert en géologie, mandaté par mon prédécesseur en mairie afin d'étudier les roches de la vallée du Reyran, l'endroit le plus favorable se situerait aux gorges de Malpasset.

— Pas besoin d'être un savant pour comprendre qu'il sera plus facile de le faire là qu'ailleurs... Té, c'est le seul endroit où la vallée se resserre, maugréa à voix basse quelqu'un de l'assistance.

Le choix de cet emplacement était expliqué dans un rapport qui disait ceci :

« Ce fond de bateau est très propice à une retenue d'eau malgré les accidents de détail qui l'affectent. [...] les assises d'un futur barrage en ce lieu devront être préparées par des travaux de recherche. [...] notons surtout la présence de filons [...] facilement altérables comme susceptibles de provoquer des pertes plus ou moins importantes sous l'ouvrage et dans les épaulements rocheux.

« En conclusion, d'ores et déjà, nous pouvons indiquer que le barrage du Reyran ancré dans des gneiss [...] exigera des travaux d'étanchement qui devront être pratiqués avec grand soin. La roche saine sera repérée partout, jusque dans le lit de la rivière pour éviter des surprises au moment de l'ancrage. Nous préciserons sur le terrain la position de ces travaux de recherche dès que ceux-ci auront été décidés. »

Quelque temps auparavant, le cabinet de l'ingénieur architecte s'était mis en rapport avec le professeur expert en géologie afin de déterminer exactement où le barrage serait construit. Ce fut la seule et unique fois qu'ils se rencontrèrent et qu'ils s'accordèrent sur un sujet.

Mais il se dit que, par la suite, si l'ingénieur entendit les conseils du géologue, il ne tint guère compte de ce que celui-ci recommandait.

Plus tard encore, après que le conseil général se fut assuré auprès de l'architecte ainsi qu'auprès du géologue qu'il n'existait d'objection d'aucune sorte, le lieu d'implantation du barrage fut déplacé — probablement pour une raison de moindre coût — de deux cents mètres en aval de l'emplacement tout d'abord désigné par l'éminent spécialiste en géologie.

Une fois les Ponts et Chaussées écartés de la réalisation du barrage de Malpasset, les ingénieurs du génie rural se penchèrent sur le problème du débit du Reyran pour s'apercevoir de ce que tout le monde savait déjà : ce ruisseau serait probablement à sec trois mois sur douze.

Les villages ont une âme que parfois le diable épargne. Preuve en fut que, pour une fois, l'amour de Menfouti pour Violette et de Violette pour Menfouti — s'il fut l'objet de bavardages — sut être contenu afin qu'il n'atteignît point les oreilles de Maria Miquelet. Chacun se réjouissait de cet amour qui ne faisait de tort à personne, qui donnait un homme à la pauvre Violette et, dans le même temps, bien du souci à ce raspiasse de Pancrace Miquelet.

Lorsqu'elles surprenaient les regards énamourés que les amoureux échangeaient, les commères se réjouissaient :

— Vé, la tête de carême qu'elle va faire, la Maria, quand elle apprendra le genre de noce que lui prépare son fils !

Ce matin-là, *Le Petit Niçois* annonçait que le principe d'un barrage de Malpasset ayant été voté, les travaux ne tarderaient pas à commencer. Une brochure avait été éditée par le conseil général. Pour la lire à voix haute, Claude, le ferronnier, fit taire l'assistance qui se pressait autour du bar des Marronniers :

— « ... Lac souhaité par les paysans, voulu par de sages politiques, tu as jailli du cerveau des ingénieurs comme Athéna du cerveau de Zeus... Lac tout à la fois tardif et précurseur, tu es un instrument de progrès, un témoignage vivant de la vitalité varoise... »

— Eh bé, dis donc, dit pensivement Louis, le facteur, je ne suis pas sûr de tout comprendre mais c'est bien dit comme il faut !

Pour honorer cette belle prose, d'autres respectèrent une minute de silence avant de redescendre sur terre, armés de leur bon sens et de leur franc-parler.

— La terre du Reyran ne tiendra jamais, la roche y est trop tendre. J'y ai vu des pans de rocher s'écrouler d'un seul coup... Quand il fait sec, elle est dure comme de l'acier, mais quand il pleut, on peut y aller à la pioche sans trop se fatiguer, elle s'effrite et coule comme du gravier !

— En galère, va ! dit Gérard. Pour savoir si la roche est bonne, ils vont faire venir tout un moulon de gélogues qui feront des trous partout.

— Ce ne sont pas des gélogues, intervint monsieur Blanc, l'instituteur, ce sont des géologues, GEO, comme dans géographie.

— Et alors ? répondit Gérard, ce qui est important, c'est qu'ils regardent bien et qu'ils fassent des trous partout.

Le berger Zé, qui rôdait souvent dans la vallée, intervint d'une voix tranquille :

— Il se dit qu'il n'en est pas venu beaucoup de géologues, il n'en est venu qu'un seul, mais celui-là, il n'a pas fait de trou. Moi-même, je l'ai vu faire. Il a monté et descendu plus de cent fois le Reyran et puis il a ramassé un plein sac de cailloux.

— Et pour quoi faire ?

— Parce que — à ce qu'il m'a dit — maintenant qu'on a la science, on n'a pas besoin de faire des trous. Il suffit de bien regarder le rocher et de ramasser des cailloux.

— Oh fan des pieds !

— Oh misère !

— Et moi je dis qu'il en viendra d'autres, de géologues, et que ceux-là feront des trous partout !

Claude, le ferronnier, reprit la parole :

— Paraîtrait que le barrage va se faire à Malpasset !

— Té, on l'aurait deviné ! glousse Zé. Ils auraient été bien embêtés de devoir le faire ailleurs. Il est plus facile de boucher le goulot d'une bouteille que de fermer la grande gueule d'un tonneau.

Un vieux qui écoutait leva sa canne et la brandit :

— Malpasset veut dire « mauvais passage ». Il n'est pas bon d'aller s'y mettre, les anciens l'ont toujours dit.

— Vrai, reprit encore Zé. Depuis que Gaspard de Besse y trucidait les voyageurs, c'est un endroit maudit.

6

Bravant la résistance de sa mère et prenant pour prétexte un jeu de loto ou une partie de cartes, chaque samedi soir, Menfouti descendait au village afin de rejoindre Violette en secret. Après avoir confié ses enfants à une voisine, Violette enfourchait la moto puis elle s'en allait rattraper ses vingt ans gâchés. Les amoureux disparaissaient aussitôt derrière les rangées de fleurs et de vignes qui, en ce temps-là encore, s'étendaient de Seillans à Montauroux.

Ils allaient cacher leur amour loin là-bas, vers le vallon des Oures, dans la petite maison de Fabrizio et de Gasparine, maison de poupée accrochée à une colline lointaine sur laquelle les Miquelet ne mettaient jamais les pieds.

Bien que sachant parfaitement où Menfouti et Violette s'en allaient s'aimer, nul villageois ne trahit jamais le secret. On pensait :

« Coquin de Dieu, je voudrais bien être là quand ce chiapacan de Pancrace apprendra ce qui se passe chez Gasparine ! »

Bras grands ouverts, Fabrizio et Gasparine accueillaient Violette et Menfouti comme ils eussent accueilli à la fois le diable et le bon Dieu. Le bon Dieu parce que les deux jeunes gens illuminaient leur vie de solitude passée dans cet endroit perdu, le diable parce que de cacher les amours défendues de Menfouti et de Violette leur permettait d'assouvir une vieille rancune.

Fabrizio et Gasparine n'aimaient pas Pancrace Miquelet.

— Autre que de pas l'aimer, je l'estriperais volontiers ! disait Gasparine.

Fabrizio se souvenait amèrement du temps où, déjouant encore mal les secrets de la langue française, il avait préféré laisser Gasparine s'entendre avec Pancrace pour une question de grains et d'engrais. Bien entendu, Pancrace s'était joué d'elle, puis il l'avait traînée de procédure en procédure jusqu'à lui faire perdre sa terre, son troupeau et le joli bastidon de la Carpénée, celui dans lequel Violette avait grandi. Il ne leur était resté que les ruines d'une grange perdue dans le vallon des Oures, un tas de pierres dont Fabrizio avait fait un minuscule cabanon fièrement planté sur un versant de l'adret, tel un bastion entouré de pierres et d'épines.

Depuis, Gasparine élevait quatre chèvres tandis que Fabrizio faisait du miel dans ses ruches.

Ce jour-là, Gasparine s'engage à grands pas dans le sentier que Fabrizio a tracé d'année en année à force d'allers et de retours jusqu'à ses ruches éparpillées. Devant elle, ses quatre chèvres avancent de mauvais gré, mécontentes de devoir se presser au lieu de grappiller tranquillement les ronciers. Gasparine ne les surveille guère ; soucieuse, elle lance si loin chacun de ses pieds dans la sente qu'on aurait de la peine à la suivre.

Tout en zigzaguant dans l'étroit chemin, Gasparine se remémore sans cesse l'objet de son tourment.

La veille, Fabrizio, d'ordinaire si gai, avait mangé sa soupe sans dire un mot. Gasparine avait dû attendre la fin du repas pour l'entendre ronchonner :

— Te souviens-tu de ce savant de la géologie, celui qui, voilà deux ou trois ans, a monté et descendu la vallée, des falaises de Bagnols jusqu'à la plaine de Fréjus, pour voir si la roche des collines est assez forte pour soutenir le mur d'un barrage ?

Gasparine avait marqué un temps, pas très sûre de ses souvenirs.

— Ah vouïé, sûr que je m'en souviens ! s'était-elle cependant exclamée afin de ne pas contrarier son mari.

— Eh bien, cette histoire dont on ne parlait plus, on en reparle à présent... On dit même qu'elle va se faire à Malpasset pour donner de l'eau à tous ceusses de Fréjus. Mais ce qu'on dit aussi, c'est qu'une fois ce barrage fini l'eau montera petit à petit jusqu'à se faire lac, un lac qui inondera tout le pays.

— Quelle eau ? s'était étonnée Gasparine.

— Eh bé, l'eau du Reyran !

— L'eau du Reyran ? Oh pauvre, pour en avoir un peu, il leur faudra attendre beaucoup !

Mais Fabrizio n'avait pas ri :

— Le lac inondera tout, je te dis ! La route, toute la campagne, la mine de Garrot et peut-être bien notre maison aussi !

— Fan d'aquello !

Stupéfaite, Gasparine avait longuement réfléchi avant de dire :

— Malpasset est trop loin, l'eau n'arrivera jamais jusqu'ici !

— Ça, c'est ce qu'ils disent, mais à la vérité, ils n'en savent rien, comme d'habitude. Moi je dis que s'il pleut des jours et des jours, l'eau viendra jusqu'ici.

Gasparine avait fermé les yeux pour tenter d'imaginer un improbable déluge :

— T'en fais donc pas, il me faut une heure à pied pour remonter de Malpasset, ce n'est pas demain la veille que l'eau s'en viendra remplir le vallon des Oures !

Mais Fabrizio ne s'était pas rassuré :

— Peut-être bien, mais toute la vallée, elle, sera noyée, ça c'est sûr. Je perdrai mes ruches et mon miel et je resterai les bras croisés en attendant que l'eau grimpe et grimpe encore pour nous enlever notre maison une fois de plus... !

« Une fois de plus ! avait-il répété dans un brusque sanglot.

Fabrizio avait sorti son mouchoir pour s'essuyer les yeux puis il avait repris :

— Et tu sais quoi ? De tout cela, tout le monde s'en fout. Au bar de l'Esterel, ils disent tous que, de ce barrage, ils n'en ont rien à faire. Ils en rigolent, ils s'en foutent ! Ceux de la mine, c'est pareil, ils ne voient pas le mauvais vent venir. Hier encore, le garde m'a dit que je n'étais qu'un vieux bonhomme qui ne pensait qu'aux vieilles choses alors qu'il fallait s'intéresser aux choses nouvelles, à la technique, au progrès et patati et patata.

Fabrizio avait essuyé une larme de plus :

— Mais moi je dis que ce barrage ne se fera pas. Sacré pétard de bon Dieu ! Que le ciel me tombe sur la tête si je les laisse faire une pareille abomination !

Il était minuit passé lorsque Fabrizio, les yeux encore mouillés, avait réveillé Gasparine pour lui dire :

— Hier je suis monté sur la colline et sais-tu ce que j'y ai vu ?

— Quoi donc ?

— J'y ai vu notre bastidon de la Carpénée, notre belle maison, celle que ce salopard de Pancrace nous a volée... De là-haut, on peut la voir, toute seulette au mitan de son bouquet de figuiers. Là-bas, on aurait été tranquille, là-bas, l'eau n'arrivera jamais.

Fabrizio avait tourné le dos à Gasparine en murmurant d'une voix mouillée :

— Vé, je suis trop vieux pour m'en aller. Je crèverai avant de partir.

Les larmes de Fabrizio avaient si bien malmené le cœur de Gasparine qu'au petit matin elle avait décidé de descendre jusqu'à Malpasset afin de se rendre compte par elle-même si le désastre dont son mari parlait était possible.

Gasparine descend donc le chemin en comptant soigneusement tous les pas qu'elle fait, toujours les mêmes, longs d'un mètre au plus. Chaque fois qu'elle en compte cent, elle ramasse un caillou.

Lorsqu'elle arrive au verrou de Malpasset, Gasparine s'assoit au bord du ruisseau puis elle vide ses poches pour en étaler le contenu au creux de son tablier tendu entre ses deux genoux. Bien posément, ensuite, un à un, Gasparine compte les cailloux. Il y en a quarante-deux, ce qui veut dire... Gasparine soupire et se concentre afin de se livrer à un délicat calcul.

Quarante-deux cailloux multipliés par cent pas d'un mètre de long... font... quatre mille deux cents mètres...

La conversion des mètres en kilomètres est plus facile...

Il y a quatre kilomètres et deux cents mètres de chez elle à Malpasset !

La méthode est bonne, c'est son grand-père qui la lui a apprise.

Elle se lève et regarde d'un œil aigu l'eau filer entre les pierres afin d'en soupeser le débit. Elle a une moue pleine de mépris.

— Ce filet d'eau pour remplir la vallée... ça me fait rigoler, pas plus.

Enfin, Gasparine grimpe tout en haut de la colline.

De là, souriante, elle constate que la vallée du Reyran est si longue, si large et si belle qu'elle ne distingue même pas le vallon des Oures.

C'est d'un bon pas que Gasparine refait à l'envers le chemin qui la ramène, toute rassérénée, jusque dans sa cuisine.

7

Se doutant bien que son fils lui cachait quelque amourette, chaque semaine, Maria se plaignait sur la place du marché :

— Vois, disait-elle à chaque commère, à présent, mon gandoun[1] de fils découche. Il ne m'écoute plus, il fait comme il veut.

— Ah bon ? répondait l'autre. C'est pas Dieu possible, un garçon si gentil !

— Mais toi qui loges au village, tu dois bien le voir aller et venir. Dis-moi voir un peu ce qu'il fait... qui il fréquente... et s'il va au café ?

— Je ne sais pas, je l'ai jamais vu, il ne vient pas par ici.

Si bien que, lasse de ne rien apprendre des villageoises, Maria se résolut à ne compter que sur elle-même pour surveiller les agissements de son fils.

Le premier dimanche de février, traditionnellement, le Cercle de l'avenir agricole organisait une partie de loto réservée aux hommes de la commune. A quatre

1. Dévergondé.

heures déjà, la salle était pleine comme un œuf, les joueurs se tenaient bras contre bras et gueulaient comme à la foire dans les nuages de fumée que déversaient leurs pipes.

Clopinant sur sa mauvaise jambe, Maria arriva au village alors que commençait la première partie. Elle passa et repassa devant l'unique fenêtre du Cercle qui ne laissait voir que des dos bourrus et des casquettes à carreaux. D'attente lasse, elle tira par la manche un jeune qui passait et lui commanda avec autorité :

— Té, petit, entre là-dedans et appelle-moi Gilbert. Dis-lui que c'est sa mère qui le demande.

Le jeune homme obéit. Il entrouvrit la porte et fit, des yeux, le tour de la salle.

— L'est pas là, dit-il.

Maria haussa le ton :

— Comment ça, il y est pas ? Cherche encore.

— L'est pas là, je vous dis.

C'est alors que Louis, le facteur, s'approcha d'eux, l'air de rien, et dit :

— Comment va, Maria ? C'est ton fils que tu cherches peut-être ?

— C'est ça, oui. Entre là-dedans et, s'il te plaît, fais-le venir ici.

— Y est pas. J'ai entendu dire qu'il était parti faire le loto à Fayence ou à Tourrettes, enfin... quelque part... Où ? je ne me rappelle plus.

Le samedi suivant, Maria descendit une fois de plus jusqu'au village en maugréant tout au long de sa route. Elle rôda aux alentours des terrasses des cafés, allant même jusqu'aux comptoirs pour mieux dévisager les joueurs de belote et de manille. Elle entrouvrait la porte du Cercle quand, d'un air de deux airs, le garde qui passait par là s'arrêta pour lui demander :

— Té Maria, tu cherches ton fils ?

— Vouïe, il m'a dit qu'il venait jouer aux cartes.

— Penses-tu ! A l'heure qu'il est, il est parti à Grasse voir les filles !

Les déboires de Maria égayaient les bavardages des commères tandis qu'aux terrasses on se les racontait en se tapant sur les cuisses.

Le dimanche, d'ordinaire, journal en main, on préférait parler politique. Ce jour-là cependant, on commenta longuement l'article évoquant les tractations et les discussions qui précédaient l'acceptation définitive du principe de la construction « d'un barrage destiné à l'alimentation en eau du département du Var ».

A présent, il ne restait plus — disait l'article — qu'à convaincre le conseil général de voter les crédits nécessaires pour le déplacement de la route qui reliait les villages du canton de Fayence à Fréjus, route qui allait se trouver immergée par la montée des eaux.

— Oh pauvre, voilà pas qu'ils vont nous enlever notre route ! Allez savoir par où il nous faudra passer ?

Claude, le ferronnier, fut catégorique :

— S'ils votent les crédits pour la route, c'est que le barrage sera fait.

Maria n'apprit les amours de son fils et de Violette que six mois plus tard, lorsque Gilbert, contraint, dut lui en parler.

A la ferme du Puits du Caillou, les choses importantes se disent toujours à la fin du souper. Ce soir-là, Menfouti respira un bon coup avant d'annoncer :

— Vé. Je m'en vais me marier.

Maria eut un hoquet. Main plaquée sur son plexus comme pour empêcher son cœur d'exploser, elle eut un regard bref vers Pancrace puis elle prit un air sévère pour demander :

— En voilà une nouvelle... et avec qui tu te maries, je te prie ?

Gilbert baissa la tête puis il laissa tomber :

— Violette.

Bien que se doutant d'une coquine, Maria n'avait pas pensé à celle-là. De stupeur, elle resta muette, yeux écarquillés. Ce fut Pancrace qui éleva la voix pour s'étonner :

— La mère des deux goïs[1] ?

— Bé, vouïe...

Bien qu'il fût glacé de terreur, Gilbert souriait.

Les cris de Maria s'élevèrent comme une tempête, par vagues déferlantes, violentes, désordonnées, incompréhensibles.

Le père ne cria point ; tout en bourrant sa pipe, il laissa tomber :

— Pas de cette traîne-misère ici !

— Pas de ces deux petits imbéciles à notre table ! renchérit Maria.

— Mais je l'ai faite grosse ! avoua enfin Menfouti.

Le père ricana :

— Ça, c'est elle qui le dit.

1. Mal foutus.

— Pourquoi toi et pas un autre ? Tout le village lui est passé dessus, grinça Maria dans un rictus plein de sous-entendus.

Une femme sans un sou qui vole son enfant à sa mère valait bien de risquer le feu de l'enfer pour avoir menti.

Gilbert, hélas, ne put tenir tête à ses parents, d'autres, plus malins, y auraient laissé toute leur énergie. Il aimait trop sa mère pour qu'il en fût ainsi, Maria n'avait qu'à faire semblant de verser une larme pour qu'il redevienne son petit. Lorsqu'il rentrait à la maison, elle l'épiait, yeux mouillés, puis elle hurlait, le maudissait avant de sangloter :

— Vois combien je suis malade... Vaï, un jour, par ta faute, je m'en vais mourir.

Gilbert était un tendre, un de ceux qui, prêtant aux autres leur propre sensibilité, préfèrent se résoudre au malheur plutôt que d'affliger.

Quant à oser défier son père, il n'en était pas question. Parfaitement respectueux et saisi de crainte, Menfouti tremblait devant lui.

Pas plus, bien sûr, il n'eut la sécheresse de cœur nécessaire pour claquer la porte et s'en aller épouser Violette à l'autre bout du monde. Savoir ses parents condamnés à vieillir seuls l'aurait damné.

Gardant, cependant, un grand espoir en l'avenir, Menfouti se résigna à demander à Violette d'attendre quelques mois de plus.

— Vaï, sûr qu'ils râlent... mais tu verras... à mieux te connaître, bientôt, ils diront oui.

Coutumière du malheur, Violette haussa les épaules :

— Je le savais, vois, je te l'avais bien dit !

Et parce qu'elle aimait Menfouti à la folie, Violette se résigna à la triste position de mère sans mari. Tout au long des mois qui suivirent, Menfouti souffrit tout autant de voir sa mère pleurer qu'il souffrait de voir Violette accepter la vie sans honneur qu'il lui imposait.

Méfiante, Maria ne se laissa néanmoins pas aveugler par cette victoire fragile et, afin de surveiller une éventuelle publication de bans, elle descendait au village chaque jour. Pour s'y rendre plus commodément, elle apprit à conduire et, bientôt, qu'il pleuve ou qu'il vente, on la vit sillonner les ruelles dans la vieille camionnette que Pancrace ne conduisait plus.

Elle baguenaudait sur le marché pour le seul plaisir d'insulter Violette. Elle rôdait entre les étals et, dès qu'elle l'apercevait, elle s'écriait :

— Vé, la putanasse de mon fils !

Ou bien :

— Regardez-la traîner sa bédigas[1] comme on emmène la chèvre au piquet !

Ou bien encore, s'approchant d'elle en douce :

— T'as pas de vergogne de montrer ton gros ventre à tout le monde ! Va, va te cacher !

Un dimanche, à la sortie de la messe, oscillant entre morale et charité, le père blanc qui s'occupait de la paroisse osa lui dire :

— Chère Maria, ne laissez pas cette pauvre Violette vivre ainsi ! Permettez donc à ces enfants de se marier. Le Seigneur vous regarde, votre bonté sera récompensée...

1. Imbécile.

Maria répondit d'une voix forte afin d'être comprise de tous :

— Ah bien ça par exemple ? Mon fils devrait se prendre le péché d'un autre ? Et pourquoi ça, s'il vous plaît ?

Puis, tendant le menton vers l'homme d'Eglise qui s'en allait :

— Et dites voir un peu de quoi il se mêle, celui-ci !

Le soir venu, elle remontait la mauvaise humeur de son mari comme on remonte le ressort d'une pendule :

— Tu te rends compte ? Trente ans déjà, pas un sou, deux goïs et un bâtard en route par-dessus le marché !

Mais, à présent satisfait de l'attitude soumise de son fils, Pancrace répondait :

— Laisse faire, laisse-le s'amuser avec celle-là, ensuite, je m'en occuperai !

8

Bien qu'il travaillât journellement sur les terres de ses parents, Menfouti ne recevait aucun salaire sinon quelques francs pour son tabac et ses pastis. Mince obole que, traditionnellement, à chaque fin de semaine, son père lui donnait en disant :

— Tiens, fils.

Mais depuis que Violette était grosse de son enfant, Menfouti désirait gagner quelque argent afin de nourrir, comme il se doit, sa famille.

— Je ne veux plus te voir te lever la peau à lessiver les draps des autres, dit-il un jour à Violette. Passe encore pour les cueillettes et les vendanges mais, bientôt, je te donnerai ce qu'il faut pour que tu puisses t'occuper de ton ménage et de tes petits.

Le soir même, sûr de son bon droit, Menfouti osa demander à Pancrace de lui verser cent francs par semaine en paiement du travail qu'il faisait. Aussitôt, les murs de la ferme tremblèrent d'indignation, prêts à s'effondrer. La fin du monde ne fera sûrement pas plus de chaplachou[1] qu'il y en eut ce soir-là au Caillou :

1. Tintamarre.

— C'est elle qui veut des sous, hein ? brama Maria. Pour s'acheter des chichis bellis et engraisser ses bons à rien...

Tout en désignant d'un doigt frémissant l'entrée de sa maison, Pancrace rugit :

— Sacripabieù ! Si t'es pas content, fous le camp d'ici !

Glacé, Gilbert prit la direction de la porte.

— Ne pars pas ! lança Maria.

Puis, se reprenant, soudain suspicieuse :

— Tu ne vas tout de même pas t'en aller habiter chez elle ?

Gilbert avait la main posee sur la poignée, il gronda sourdement :

— *Maï que fa* ? Il me faut bien quelque part où dormir !

Maria laissa tomber son visage dans ses mains :

— Attends, attends un peu... Qu'allons-nous devenir, pauvres de nous, un jour, cette méchante femme nous jettera à la rue !

Gilbert lâcha la poignée de la porte.

Effroyables bien que froides, les colères de Pancrace étaient fameuses. Figé, paupières collées aux arcades sourcilières, il prépara longuement sa réplique. Pour mieux entendre ce qu'allait dire son mari, mouchoir plaqué sous les narines, Maria s'arrêta de renifler. Pancrace commença d'une voix traînante :

— Ah... tu veux de l'argent pour le donner à cette femme... Vrai... Les choses sont plus claires quand elles sont dites ainsi...

Sa voix, alors, s'enfla et craqua comme un coup de tonnerre :

— Coquin de Dieu, c'est bien une pute ! hurla-t-il.

Menfouti recula d'un pas, Pancrace acheva froidement :

— Pas un sou pour cette putanasse ! Allez zou, tu peux t'en aller et laisser crever ta mère, je n'irai pas te rechercher !

Pancrace savait très précisément ce qu'il faisait. Entraîné à soupeser les autres, il savait bien que son fils, trop tendre, n'oserait plus partir.

En effet, parce que Maria sanglotait de plus belle, Gilbert s'assit près d'elle pour la consoler.

— Ça ne fait rien, dit Violette lorsque Menfouti lui raconta la scène, comme je me despatouillais avec mes deux grands, je me despatouillerai avec un petit de plus.

Elle passa ses bras autour du cou de Menfouti puis elle l'embrassa. Elle ne connaissait rien de plus doux que la large poitrine de cet homme un peu faible peut-être mais tendre et chaud comme du pain au sortir du four. Elle comprit, à l'instant même, qu'elle était prête à tout accepter afin qu'il ne la quittât jamais.

Dès lors, penaud, Menfouti fit tout pour soulager Violette d'une autre façon. Il se priva de tabac et de pastis pour acheter le pain de midi. Chaque dimanche, il lui apportait des haricots, du coulis de tomate, six œufs, un sac de fruits secs, rançon qu'il chapardait dans le poulailler ou dans les réserves de la ferme du Caillou. Il s'occupait aussi de ses deux grands enfants. Bruno, bon élève, était vif et mignon. Maryse, son institutrice, disait de lui :

— C'est vraiment dommage qu'il ne puisse pas aller au lycée. Il est malin et travailleur, Dieu garde ! De plus, il a de l'or au bout des doigts !

Viviane, dont l'esprit était encore dans les limbes, n'était pas malicieuse et ne demandait guère d'attention.

Ce dimanche de juin 1952, l'excitation était à son comble autour du comptoir des Marronniers. *Le Petit Niçois* annonçait l'arrivée à Fréjus de l'ingénieur architecte chargé de construire le fameux ouvrage qui, disait-on déjà, serait le plus grand barrage d'Europe. Selon l'article, il n'existait personne de plus compétent et de plus grand mérite que cet homme qui avait à son palmarès l'édification d'un grand nombre de retenues d'eau réalisées dans le monde entier.

— Même en Chine, précisa Claude que l'Asie faisait rêver.

Celle de Malpasset, ajoutait-on, par sa conception audacieuse, serait la plus belle de toutes.

Louis lisait le journal à voix haute :

— « ... le mur du barrage mesurera 60 mètres de haut, et 225 mètres de large au plus haut... il aura plus de 6 mètres d'épaisseur à la base et seulement 1,50 mètre à son sommet... 50 000 tonnes de béton seront nécessaires pour retenir 50 000 000 de tonnes d'eau ! »

« Ce sera le barrage le plus mince du monde », assurait-on.

— Oh fan !

— Coquin de Dieu, jamais un mur si mince ne retiendra toute l'eau d'un lac, affirma un maçon.

— Mais si, lis donc, on te l'explique : « Le tracé en arc de la voûte fait que la pression de l'eau resserre les murs et que la voûte transmet aux berges les effets colossaux qu'elle reçoit... » Ce n'est pas l'épaisseur qui compte ! Vois le linteau de ta porte, sa petite voûte porte le mur tout entier !

Ce dimanche du mois de novembre 1952, Fabrizio se rend aux gorges de Malpasset, lieu silencieux, paisible et superbe, lieu béni des dieux où le Reyran et la route glissent côte à côte afin de se faufiler entre les hautes roches grises recouvertes de lichens bleus. A cet endroit, l'hiver, les troncs blancs des trembles se mêlent aux chatons des aulnes comme aux bourgeons noirs des frênes frileux.

La bicyclette de Fabrizio glisse sans peine sur la route qui serpente et descend doucement, elle en connaît toutes les ornières, tous les caprices. C'est la route que Fabrizio emprunte souvent pour s'en aller boire un coup au bar de l'Estérel en compagnie de Toni, son ami de Fréjus.

Arrivé à l'endroit où les deux côtés de la vallée se resserrent, Fabrizio range sa bicyclette contre le tronc d'un peuplier puis il avance, pivote, tourne et vire cent fois sur lui-même. La colère l'emplit de la tête aux pieds.

Un mur ici... et pour quoi faire ?

Il sait bien qu'une fois dépassé Malpasset le Reyran file jusqu'à la Vallée rose — appelée ainsi en raison des milliards de fleurs de ses pêchers — et puis qu'il coule jusqu'à Fréjus où il se jette dans l'Argens à deux pas de la Méditerranée. Il a fait son enquête et en revient toujours au même constat :

« Pourquoi faire un barrage puisqu'ils pompent tous dans l'Argens tout comme dans le Reyran depuis toujours ? »

Il regarde le filet d'eau qui se faufile entre les pierres. Le sombre visage de Fabrizio s'éclaircit.

— En galère ! Comme le dit Gasparine, pour avoir assez d'eau pour remplir la vallée, il leur faudra attendre beaucoup !

Il peut dormir tranquille. Gasparine a raison, c'est pas demain la veille que l'eau de ce ruisseau, à peine plus gros qu'un « pissagno de cabri », montera jusqu'au vallon des Oures !

Son regard glisse vers les collines dont les versants dessinent la forme d'un grand vase ouvert vers le ciel bleu. Il tente d'y voir un mur allant d'une paroi à l'autre mais, pour ce faire, il n'a pas les yeux assez fous.

En revanche, il imagine fort bien un mur barrant la route de ses escapades vers Fréjus.

Dans quinze jours à peine, Fabrizio sera pris au piège comme un blaireau dans son trou.

Sa colère revient à toute vitesse.

— Sacré pétard de bon Dieu !

Il tend sa jambe vers l'arrière puis la lance en avant pour lui faire frapper une pierre, une pierre qui, telle sa rage, monte haut dans le ciel mais retombe impuissante pour faire un misérable floc dans l'eau du ruisseau.

9

En cet hiver 1952, les arbres regorgeaient d'olives bien grasses, mûres à point, luisantes d'huile. Cependant, si la plupart des ouvriers étaient déjà à l'ouvrage, en revanche, aucune ouvrière n'avait accepté de venir cueillir dans les olivaies de Pancrace Miquelet. Les jours passaient, Pancrace tempêtait :

— Les grives se régalent et moi, je perds de l'argent chaque jour !

Voyant l'affaire devenir tragique, Menfouti eut une idée propre à résoudre d'un seul coup les deux problèmes qui le tenaillaient depuis quelques jours. D'une part, s'il réussissait à introduire Violette dans sa maison, il était certain qu'une fois dans la place la vaillance de sa belle parviendrait à séduire ses parents. D'autre part, il savait que Violette, grande travailleuse et fine diplomate, serait capable, à sa demande, d'entraîner avec elle deux ou trois de ses amies.

Il proposa :

— Violette pourrait venir aider ?

Maria, prise de court, regarda vers Pancrace. Silencieux, sourcils levés, le vieux grigou soupesait l'offre qui se présentait à lui.

— Ses enfants viendraient aussi, ajouta Menfouti. Ils sont grands à présent ; ils ramassent sur les draps sans jamais lever la tête, ils travaillent dur et pour pas grand-chose...

Son avarice étant ce qu'elle était, Pancrace céda :

— Té, qu'elle vienne avec sa marmaille !

Alors, Maria protesta :

— Tu ne payeras tout de même pas pour une femme grosse et deux goïs. Cela suffira de les nourrir à midi.

Ce fut uniquement pour plaire à Menfouti que Violette et ses enfants vinrent cueillir durant six semaines dans chacune des olivaies que Pancrace possédait un peu partout. Sous la férule de Maria, aidée de ses deux gamins, elle fit largement le travail de deux bonnes cueilleuses. Enfin, lorsque le soir, elle repartait les poches vides, Menfouti lui chuchotait tendrement :

— Tout va bien. Vois, ils t'ont à la bonne. Bientôt, ils ne pourront plus se passer de toi... Alors, ils diront oui !

La pauvrette acceptait l'oracle tandis que, dans leur dos, Maria multipliait les remarques désobligeantes :

— As-tu vu tout ce qu'ont dévoré ses deux bons à rien ?

Et, parlant de la grossesse de Violette :

— Elle ne sait pondre que des mal foutus, tu verras que le prochain sera de travers, tout comme les deux premiers !

Cependant, solidaire du malheur de Violette, le vieux moulinier prit sur lui de prélever en secret un ou deux litres d'huile sur chaque motte d'olives que

Pancrace Miquelet lui apportait. Huile qu'il remettait à la jeune femme, en douce, à la nuit tombée.

— Prends, mignonne... paye-toi et paye tes petits.

Un jour du mois d'avril, Maria, malade, demanda à Gilbert :

— Té, fais-la venir.

Maria ne prononçait jamais le prénom de la femme qui lui avait volé son fils.

Menfouti accepta une fois encore et, bravettes, Violette et sa fille montèrent chaque matin à la ferme du Puits du Caillou pour prendre soin de la vieille femme, cuire la soupe et s'occuper du ménage et du poulailler.

Menfouti se frottait les mains : ses affaires s'arrangeaient à merveille, sa belle était enfin entrée dans la maison familiale. Bientôt, elle y serait chez elle et n'en repartirait plus.

Le ciel était plein de colère lorsque la fille de Violette naquit au début du mois de mai. Excepté Maria, tout le village se relaya au chevet de la jeune accouchée. Trop content de faire honte à la grand-mère rebelle, nul ne perdait l'occasion de s'étonner :

— T'es pas encore allée voir la fille de Violette ? Si tu savais quelle belle pitchounette c'est ! Vrai, ton fils a bien travaillé !

Lasse de se défendre de la descendance misérable qu'on lui attribuait, Maria pressait le pas sans rien dire.

Comme il fallait s'y attendre, Menfouti n'eut pas le courage d'aller à la mairie reconnaître sa fille. Heureux comme un pape à sa fenêtre, il murmura seulement à la maman :

— Je la reconnaîtrai quand nous nous marierons. Le maire m'a dit que c'était possible. Appelle-la Maria, comme ma mère. Le plaisir qu'elle en aura arrangera notre affaire...

Violette, qui commençait à douter, ne se laissa pas faire :

— Qu'elle vienne jusqu'ici voir la petite, alors on verra.

Comme ni Pancrace, ni Maria ne se rendirent au logis de Violette, celle-ci appela sa fille Jeanine.

Les semaines de grandes cueillettes, Violette confiait son bébé à Gasparine. La bonne vieille se faisait appeler mémé et, tout comme jadis elle avait cajolé la mère, elle se régalait à cajoler la petite. Elle déambulait à l'infini dans les chemins du vallon des Oures avec l'enfant dans ses bras ou dans un drap jeté sur son dos. Le soir venu, lorsque Gasparine en venait à parler de ce mariage qui ne se faisait pas, Violette, fataliste, répondait :

— Vois tata, si même un enfant de leur sang ne fait pas changer leur façon de penser, degun[1] n'y arrivera jamais !

Le temps passant, les hommes jetaient parfois à Menfouti :

1. Personne.

— T'as pas de vergogne, vrai, qu'est-ce que t'attends pour marier cette pauvre femme et donner ton nom à ta petite ?

Menfouti expliquait que, tout compte fait, les choses n'allaient pas si mal :

— Il faut laisser du temps au temps pour faire son ouvrage. Bientôt, je serai maître chez moi, alors je ferai comme je voudrai.

En effet, Pancrace n'allait pas bien. Perclus de douleurs, il ne se levait plus guère de sa chaise. Maria, elle, approchait de ses soixante-treize ans.

— Patience... disait Menfouti à Violette. Bientôt mes parents n'auront plus la force de dire non. Alors, on se mariera vite, vite.

10

Depuis qu'il était l'amant envié de Violette, Menfouti témoignait d'une certaine confiance en lui. Désormais, il se mélangeait volontiers à ceux du Petit Vatel afin de partager leurs conversations et leurs tournées de vin rosé.

En ces premiers jours du mois d'avril 1952, la construction du barrage de Malpasset avait, enfin, commencé.

— Vé, comme il se doit, ils sont allés chercher des entreprises que personne ne connaît...

— On dit que pas loin de deux cents ouvriers se sont installés dans le hameau de Bozon. Tu sais, dans les baraques de l'ancienne mine de baryte...

Certains s'en allaient, le dimanche, surveiller l'avancée des travaux. En fin de journée, ils remontaient raconter par le menu ce qu'ils avaient vu.

— Vé, vé, le mur, il est rose, rose comme les culottes de Titine !

Titine était une vieille femme qui, chaque jour, étendait une culotte de coton rose layette à sa fenêtre sur le devant de la rue.

L'instituteur expliqua que la couleur du barrage venait sans doute du matériau utilisé. Henri ronchonnait :

— Oh pauvre, un mur comme ça, ça me fait peur ! Vé, il est pas droit ! Il est plié !

— Maï, quel empégué ! Ecoute que je t'explique : primo, il n'est pas plié, il est courbe. Deuxio, il est courbe du bon côté. Plus l'eau poussera par-derrière, plus il tiendra bon ! T'as compris ?

— Rien de rien. Maï, m'en fouti du barrage ! Qu'il tienne ou qu'il pète m'empêchera pas de dormir !

En ce printemps 1953, lorsqu'il veut se rendre à Fréjus, Fabrizio ne peut plus laisser filer sa bicyclette tout au long de sa route comme il le faisait jadis. Arrivé à Malpasset, afin de contourner le mur qui grandit, il doit en descendre et pousser son engin dans des chemins pentus qui montent à l'assaut des collines.

Mais une fois l'obstacle vaincu, au lieu de filer à nouveau sur la route, il ne résiste pas à l'envie de voir de près ce qu'il appelle, en secret, « la calamité ». Il dépose sa bicyclette dans un taillis puis il passe et repasse à travers le chantier, la lippe sévère, l'œil mauvais. Il va et vient, tourne et vire, et n'en finit pas de maudire à voix haute tous ces engins de fer, de crasse et de fumée qui font fuir les oiseaux et blanchissent la terre des collines.

Pins et chênes-lièges ont été jetés à terre pour laisser place à des chemins de tintamarre et de poussière. Des inconnus vont, viennent et gueulent à travers des nuages de poudre de ciment, de vapeurs d'essence et de coulées de sable rose, rose comme la culotte de Titine. Des inconnus venus des quatre coins du monde, des inconnus qui parlent dans toutes les langues sauf dans celle d'ici. Des gens venus d'ailleurs qui ne le saluent pas et ne comprennent pas son dépit.

Soudain Fabrizio s'arrête : grand, fort, planté sur ses deux jambes, André Ferro est là, parmi ces gens. L'année dernière encore, André travaillait à la mine de Garrot. Fabrizio le rencontrait souvent, ils étaient des amis.

André Ferro a quitté la mine pour se mettre au service de ceux du barrage. Il est devenu quelqu'un d'important, on l'appelle, on l'écoute. Tout le monde, le préfet y compris, dit qu'il est un homme précieux, plein de courage et de bon sens.

Fabrizio se sent trahi :

— Vé, regardez-le, à présent, il ne reconnaît plus personne, maronne-t-il.

Ce n'est pas vrai, mais Fabrizio est plein de rancune. Son ami a quitté Garrot pour s'en aller loger dans une belle maison située en aval de Malpasset.

— De l'autre côté du barrage, bien sûr ! Pardi, comme ça, il n'a plus à s'en faire... Que la route soit barrée, il s'en fout !

Fabrizio s'approche pour mieux voir. André parle, l'ingénieur l'écoute.

Fabrizio, lui, n'écoute plus personne, surtout pas ceux qui sont devenus les ardents défenseurs de ce machin d'un autre monde qui pourrit la vallée et emmerde les pauvres gens comme lui. Ceux qui haussent les épaules avec mépris lorsqu'ils entendent dire que « cette coquille d'œuf ne tiendra jamais » ou bien quand on compare le mur à une feuille de papier à cigarette.

Fabrizio ronchonne et branle la tête, un sourire plisse ses lèvres désabusées.

Fabrizio est bien placé pour savoir que tout ne va pas pour le mieux dans le meilleur des mondes et surtout pas dans l'édification du barrage de Malpasset. Il n'y a pas bien longtemps de cela, ne disait-on pas que l'endroit n'avait pas été bien choisi vu que la roche n'y était pas bonne ? Et depuis, Fabrizio, qui traîne souvent sur le chantier, n'a-t-il pas entendu dire que, sur le côté gauche de la construction, trop instable, il avait fallu injecter trois fois plus de ciment que prévu... et encore que, par deux fois, on avait dû tout arrêter parce que les matériaux utilisés n'étaient pas satisfaisants... et puis encore que l'argent ne suivait pas, que les travaux s'arrêtaient par la faute des grèves... et patati et patata...

Mais de tout cela, à bien y regarder, Fabrizio s'en fout.

Ce qu'il ne supporte plus, c'est d'entendre son ami André se moquer de ses craintes et lui assurer que l'eau n'arrivera jamais dans le vallon des Oures, qu'il faut avoir toute confiance en ces ingénieurs qui ont fait des mesures précises. L'autre jour, pour le consoler, André lui a dit en riant :

« Et puis, si elle y arrive, t'en fais pas, ils te relogeront en ville ! »

« T'en fais pas », voilà bien la phrase que Fabrizio ne veut plus entendre. Jamais.

S'en aller loger en ville ! Il en rêvait dans sa jeunesse... Mais, maintenant, il est trop tard. Aujourd'hui,

Fabrizio est fatigué, il se sent vieux, il ne veut plus entendre parler de la ville.

A cet instant, un bulldozer l'oblige à se réfugier sur le bas-côté du chemin. Il se retourne, furieux, et crie :

— *Vaï a pati, hé, couiounas*[1] !

Le conducteur de l'engin continue sa route. Fabrizio le suit des yeux un instant puis il se tourne vers le mur du barrage :

— Et toi, bordille, caramentran de merdo, je souhaite que tous les diables de l'enfer s'entendent pour te faire péter par le trou du milieu !

Il s'en va chercher la haine au fond de sa gorge et la crache vers le mur grandissant qui, chaque jour un peu plus, lui vole son ami Ferro, sa route, sa vallée, ses abeilles, son paysage et sa maison par-dessus le marché...

... qui lui vole enfin toutes les choses qu'il croyait éternelles et qui, hélas, ne le sont plus.

1. « Va au diable, hé, couillon ! »

11

Durant l'automne 1953, Violette, trop brave, prêta main-forte plus de cent fois à Maria qui ne pouvait plus s'occuper seule de son mari. Le pauvre vieux passait ses journées à gémir. Ses jambes ne le portaient plus, il fallait l'amener de la chaise au lit et du lit à la chaise quatre fois par jour. Il souffrait, il voulait mourir...

Toutefois, il gémissait plus encore dès qu'on lui parlait de payer médecin et médecine.

Lorsque, afin d'aller seconder Maria, Violette confiait sa petite Jeanine à une voisine, celle-ci lui disait :

— T'es bien bête de te laisser faire. Ils profitent de toi...

Violette, point sotte, le savait bien. Mais elle ne pouvait, hélas, que répondre d'un pauvre sourire.

Le soir, après qu'elle s'était brisé les reins à lessiver les draps de Pancrace dans l'eau froide du bassin, alors que Menfouti la ramenait en moto, elle se plaignait parfois, mais il la rassurait :

— Prends patience, disait-il, ils t'ont à la bonne, bientôt ils ne pourront plus se passer de toi et alors, nous nous marierons vite, vite...

Un soir, parce que Maria se plaignait, elle aussi, de sa fatigue, Menfouti osa dire :

— Il faudrait que Violette et ses enfants s'en viennent loger dans notre maison. Elle s'occuperait de tout. Vé, ce serait plus facile pour tout le monde...

Retrouvant sa hargne, Maria hurla vers Pancrace :

— Dis voir un peu, tu ne vas pas laisser faire ça !

Mais, depuis qu'il avait goûté aux soins avisés et gratuits de Violette, le vieux Pancrace ne se montrait plus tant opiniâtre dans ses refus. La souffrance rend oublieux sinon égoïste. Faisant comme si les forces lui manquaient, il ne protesta pas, il gémit faiblement :

— Vé... pourquoi non ?

Cette fois-là, Menfouti crut bien l'emporter.

Hélas, Maria comprit vite ce qui arriverait si elle ne s'opposait pas, au plus vite, à l'ignominie qui se préparait.

Elle décida donc sans attendre d'une manœuvre et la mit aussitôt en chantier.

Deux jours plus tard, alors que Violette s'apprêtait à venir s'installer à la ferme du Puits du Caillou avec enfants et bagages, Maria saisit son fils par le bras pour lui déclarer gaillardement :

— Pas la peine de déranger Violette. J'ai loué les services de Mireille, celle de Bagnols. Tu sais, celle qui a quitté son propre à rien de mari l'an passé. Celle-là est grande et forte. Elle, au moins, pourra porter ton père en place de le traîner sur les moellons comme le fait ta mistouline.

Et parce que Menfouti, sidéré, tardait à réagir :

— Vaï... ce sera mieux pour elle, comme ça, son fils restera près de l'école.

Menfouti se retourna vers son père mais le vieux sommeillait.

Maria enchaîna :

— Celle-là logera chez nous. Elle est propre, ce n'est pas une souillon comme...

De fureur, Menfouti éleva la voix pour défendre Violette. Il vida son sac jusqu'à ce que son père se réveille et frappe la table de sa canne en bramant :

— Ferme-la ! Ici, c'est moi qui commande. Ça sera comme ta mère le dit.

Un peu plus tard, alors que Menfouti, abattu, finissait son repas, Maria reparla de Mireille. Miel en bouche, fiel au cœur, elle glissa :

— Vé, en voilà une qui ferait une bonne femme ! Un de ses fils travaille à l'usine Sabagh de Fréjus, à seize ans à peine. Il a une bonne tête et de bonnes jambes, lui... L'autre fait l'aide-maçon à Seillans. Voilà des enfants qui ne coûtent rien et, mieux encore, qui donnent des sous à leur mère à chaque fin de semaine...

Menfouti, une fois encore, voulut se faire entendre .

— Ici, c'est ton père qui commande ! l'interrompit Maria. Ce sera comme il le dit.

Certes, Mireille était une forte femme. Agée d'une quarantaine d'années, belle, brune, bouche gourmande, poitrine ronde et grasse comme deux cougourdes, elle ne s'en laissait pas facilement conter.

Après vingt ans passés à Fayence avec son époux, elle avait divorcé puis était revenue chez ses parents à Bagnols-en-Forêt.

Nicole, qui la connaissait bien, disait d'elle :

— Une belle garce, oui... Son mari était chauffeur de camion. Paraît qu'il la battait... mais pas pour rien, le pauvre cocu avait de quoi se plaindre vu que ses cornes grattaient le plafond de la chambre à coucher. Paraît qu'un jour il l'a poursuivie, du château à la gare, en l'accusant de recevoir tous les hommes du village pendant qu'il était sur les routes !

Nicole, alors, se mettait à rire :

— Oh pauvre ! On dit bien qu'il vaut mieux être consul que cocu, consul vous l'êtes pour un an, cocu, vous l'êtes pour toujours.

Sans plus de ressources, Mireille cherchait vainement une place quand elle avait reçu la visite de Maria Miquelet. L'une et l'autre y trouvant avantage, l'affaire s'était rapidement conclue.

Mireille arriva à la ferme du Puits du Caillou dès le lendemain. Maria, doucereuse, la fit asseoir et lui servit une tasse de café. Parlant de tout et de rien, elle en vint à parler de son fils, chose qui lui importait le plus :

— Si tu savais, peuchère, le souci qu'il me donne... Figure-toi qu'il s'est amouraché d'une pauvre fille, une qui traîne derrière elle deux petits malheureux, un bancal et une imbécile, deux galavards de quatorze ans passés qui, de toute leur vie, ne gagneront jamais de quoi se nourrir.

Mireille hocha la tête. Maria conclut :

— Pancrace n'en veut pas, bien sûr.

Mireille acquiesça.

— C'est que ça lui irait bien à cette radasse de venir loger ici avec sa marmaille ! Autre que de lui plaire, ça la ferait chanter ! C'est pour ça qu'elle ouvre sa porte et le reste à mon fils... Pardi, un fils unique !

Mireille, qui avait entendu parler de la fortune de Pancrace, battit subrepticement des paupières. Maria glissa alors :

— Ah, comme j'aimerais qu'une belle femme comme toi lui fasse passer le goût qu'il a pour cette pauvre fille !

Satisfaite de son sous-entendu, elle frappa la table du plat de sa main :

— Qu'en dis-tu ?

— Ben vouïe...

Et, juste pour faire plaisir, Mireille ajouta :

— A Bagnols, on dit aussi que c'est parce que Violette se savait grosse d'un enfant qu'elle a embobiné Gilbert... parce qu'il est un peu...

— Un peu quoi ? Dis voir un peu ce qu'on dit de mon fils ?

— ... un peu...

Mireille, embarrassée, cherchait un autre mot pour dire « balourd ».

— Un peu timide, s'écria-t-elle enfin. Avec les femmes surtout !

Mireille prit tout de suite la mesure des avantages qu'il y aurait à travailler à la ferme du Puits du Caillou. Pancrace n'était plus qu'un vieillard au bord du trou,

Maria, une vieille femme inquiète, facile à manipuler. Restait à séduire Menfouti... et pas seulement pour lui faire passer le goût de Violette... Pas si bête, elle irait jusqu'au bout. Pourquoi ne pas faire en sorte de devenir la femme légitime du fils unique du riche Pancrace Miquelet ?

Avec les hommes, elle savait y faire. Il n'y avait qu'à demander à son mari, à deux ou trois de Fayence et à quelques-uns de Tourrettes aussi. Sa mère ne disait-elle pas toujours qu'« un poil du cul tire plus fort qu'une paire de bœufs » ?

Durant tout le mois qui suivit, Mireille gâta Gilbert et le cajola tant et plus, agitant sa belle croupe devant ses mains et ses gros seins devant ses yeux. Prenant modèle sur la mère, elle en prit soin comme d'un petit garçon fragile. Enfin, multipliant les occasions de se retrouver dans sa seule compagnie, à tout moment, elle surgissait devant lui en chemise.

Menfouti n'y prêtait pas garde. Aveuglé par Violette, il n'avait d'yeux pour aucune autre. Mireille, tenace, n'en continua pas moins de tenter de le séduire jusqu'à ce que Maria, plus lucide, lui dise un jour :

— Va, ma pauvre, je crois que tu perds ton temps. Tu es trop vieille sans doute. Contente-toi de faire croire à tout le monde qu'il ne se gêne pas pour aller te retrouver dans ton lit. L'histoire arrivera bien aux oreilles de l'autre et, ainsi, tout sera fini.

Chaque fois qu'elle venait au village, Mireille laissait donc entendre que Menfouti n'était pas insensible à ses charmes intimes.

Au cordonnier, elle disait d'un air coquin :

— Faites-moi des chaussures comme ci et comme ça, avec du beau cuir, s'il vous plaît, c'est moi qui choisis, mais c'est Gilbert Miquelet qui me les offre pour me remercier.

A quelques-unes, curieuses de savoir ce qui se passait au Caillou, elle chuchotait :

— C'est une bonne place, j'y fais ce que je veux. Surtout avec Gilbert, quel diable d'homme c'est, sous ses airs balourds...

« Menfouti est très aimable, disait-elle à d'autres, prunelle luisante. A présent, c'est moi qui m'occupe de lui...

Pourtant, à son amie Nicole, elle glissa un jour :

— Qué balourd ce Gilbert, vrai, une couille molle !

A l'inverse, à ceux qui demandaient à Menfouti ce qu'il pensait de la belle Mireille, celui-ci répondait :

— Qué Mireille ? De Mireille, m'en fouti.

Qu'importe, plus que jamais décidée à devenir maîtresse à la ferme du Puits du Caillou, Mireille redoubla d'énergie, et plan planet, elle s'imposa partout. Parce qu'elle n'avait plus à s'occuper des deux cochons, de la chèvre, des lapins, des poules et des pigeons, Maria passait ses journées à écouter la TSF ou à regarder la télévision.

Chaque jour qui naissait, elle glissait à son fils :

— Celle-là est dévouée, travailleuse, sérieuse, honnête... Vois, avec elle à la maison, je peux enfin me reposer.

Voyant bien au-delà de son travail de servante, de poil en poil préparant sa perruque, Mireille construisait les bases de son installation au Caillou. Au printemps suivant, prétextant que, chaque semaine, elle devait se rendre au marché à pied et puis aussi aller en car à Fréjus pour y rencontrer son fils :

— Il me faudrait un vélomoteur, demanda-t-elle à Pancrace. Je perds trop de temps pour aller et venir. Que voulez-vous, une mère ne peut pas rester sans nouvelles de son petit !

Comme Pancrace protestait :

— Eh bien, zou, je m'en vais travailler à la ville ! Dieu garde, ce n'est pas l'ouvrage qui manque ! Je connais tout un moulon de fainéantes qui y gagnent bien leur vie !

Tarabusté par Maria, Pancrace céda enfin et, bientôt, le vélomoteur de Mireille pétarada dans tout le canton.

Deux mois plus tard, et sous la même menace, elle imposa son deuxième garçon, Maxime, à la ferme du Puits du Caillou :

— Son bail se termine... Le pauvre petit ne sait plus où aller dormir, s'il ne vient pas loger ici, il devra coucher au clair de lune... Une mère ne peut pas laisser son enfant à la rue !

Tout ce que l'on savait de Maxime était que « le pauvre petit » — en réalité un balèze de cent kilos — était un fameux joueur de boules. Un imbattable buveur de pastis aussi. Quant au travail, mieux valait ne point aborder la question devant lui. Il se disait maçon, mais guère nombreux étaient ceux qui l'avaient vu monter un mur. Cependant, malgré ses cent kilos de muscles, Maxime était un brave, un doux, un philosophe jamais à court de maximes pour expliquer sa nonchalante nature. L'une de ses favorites était : *Degun se pren l'embouligo émé lei dent*[1].

Il fallait bien le tarabuster avant qu'il en vienne à se mettre en colère. En revanche, quand il y arrivait, mieux valait ne pas s'attarder à attendre la suite.

1. « Personne n'attrape son nombril avec ses dents. » C'est-à-dire : « A l'impossible nul n'est tenu. »

12

Menfouti n'imagina jamais ce que les deux femmes tramaient derrière son dos. Sa mère, grâce soit rendue au ciel, s'était apaisée, sa Violette l'aimait, il n'en demandait pas plus au Seigneur, pas plus à tous les saints du paradis. L'arrivée de Maxime compléta sa béatitude. Avec ce compagnon de son âge, il en serait fini de sa solitude entre ses deux vieux parents grincheux.

Maxime abandonna la maçonnerie avant que la maçonnerie l'abandonne et, un beau matin, on vit les deux jeunes hommes partir ensemble pour les champs en labour. Le soir, ils revenaient de même, et, de même, ils s'asseyaient devant la télévision pour regarder le Tour de France et commenter l'étape du jour.

Chaque jour qui naissait, Menfouti aimait Violette un peu plus que la veille. Il la cajolait, la rassurait et s'était pris d'amitié pour ses deux grands enfants. Et puis encore, il s'occupait de Jeanine qu'il chérissait plus que tout. Le dimanche, tenant sa pitchote par la main, il rejoignait Maxime sur le jeu de boules. Au Cercle où il s'asseyait plus volontiers, il posait sa gamine sur ses genoux et, tout fiérot, pour amuser ses collègues, il lui laissait lécher son verre de pastis.

Le barrage de Malpasset fut achevé à l'automne 1954, grutiers et cimentiers plièrent aussitôt bagage et, immédiatement, les oiseaux s'en revinrent nicher dans les collines.

Dès lors, et cela tant que les canalisations prévues pour l'irrigation et l'alimentation en eau de la côte ne seraient pas construites, on le laissa se remplir, la vanne entrouverte afin de conserver au Reyran le débit de son cours, par égard pour les riverains, ainsi que la loi l'exige.

L'hiver 1954, hélas, fut particulièrement sec, si bien qu'en février 1955, bien que l'herbe ait repoussé et que les oiseaux chantent à nouveau, il n'y avait qu'une large flaque d'eau claire au pied du mur rose.

Le 9 février 1955, il y eut pourtant une sorte d'inauguration qui rassembla fort peu de monde parce qu'elle n'était, en fait, pas même la réception provisoire du barrage en tant que tel, mais la réception définitive des ouvrages supplémentaires faisant corps avec le principal, notamment la culée de la rive gauche et le tapis de protection.

Le barrage dans sa totalité ne pouvait pas être réceptionné définitivement avant d'être vérifié, et pas plus vérifié avant d'être complètement rempli. Remplissage, hélas, impossible, étant donné le faible débit du ruisseau, et puis aussi tant que n'était pas terminé le procès que la compagnie gestionnaire de la mine de Garrot avait entamé avec l'administration responsable du barrage de Malpasset.

Il y avait deux raisons à ce procès.

Primo, la construction du barrage avait fermé la seule route dont disposait la mine pour convoyer son minerai.

Secundo, la concession de la mine ayant été renouvelée pour vingt ans, et cela dans le plus grand secret, la mine et les installations industrielles annexes seraient irrémédiablement mises hors d'état de fonctionner si l'eau de la retenue dépassait la cote 85, cote à laquelle étaient situées les premières galeries.

Une expertise ayant estimé quatre-vingts millions de francs le préjudice causé si l'ensemble des installations se trouvait noyé, la compagnie exploitante exigeait donc que cette somme lui soit versée avant la mise en eau complète de Malpasset.

Une longue procédure était en cours, procédure qui allait maintenir la vanne entrouverte pendant près de trois années ; procédure qui allait empêcher de réaliser les contrôles nécessaires durant la lente montée des eaux.

Quand il expliquait la chose, Gérard riait à gorge déployée :

— Pour vérifier le barrage, il faut, primo, mesurer la déformation du mur quand son bassin est à moitié rempli ; deuxio, il faut vider toute l'eau et mesurer à vide ; tertio, il faut remplir à nouveau et mesurer à nouveau ; quarto, recommencer encore une fois tout le cirque. Ce qui fait que si jamais il leur prenait l'envie de faire les vérifications, vu que le Reyran coule comme je pisse, il se passerait tout un moulon de morts d'évêques avant que Malpasset soit rempli !

En outre, la procédure en cours et ses conséquences allaient empêcher la réception définitive de l'ouvrage ainsi que, forcément, le paiement du solde dû aux entreprises.

Ce fut en raison de ce retard que le département dut payer une vingtaine de millions d'intérêts moratoires à ces mêmes entreprises.

Donc, dès le début de l'année 1957, l'eau se trouva bloquée à la cote 85. André Ferro, le gardien du barrage, avait reçu l'ordre de manœuvrer la vanne pour faire en sorte que la cote fatidique ne soit jamais dépassée.

Durant deux ans, le barrage de Malpasset ne se remplit jamais qu'à moitié.

Le splendide mur rose faisait pourtant l'admiration des foules.

Un peu plus tard, après que le conseil général se fut assuré, par courrier, de la solidité de l'ouvrage auprès de l'ingénieur, les entreprises reçurent enfin leur solde.

Les intérêts moratoires versés tout autant que les nombreux dépassements budgétaires dus à des travaux supplémentaires expliquent peut-être pourquoi la mise en place des canalisations pour la distribution de l'eau — irrigation et alimentation urbaine — ne fut jamais commencée.

En ce 9 février 1955, planté au sommet de la colline, Fabrizio contemple le barrage que l'on inaugure à moitié.

Il n'en finit pas de se réjouir. Il parle tout seul, entremêlant des petits cris de satisfaction à ses murmures.

Soit, le barrage est là et bien là, barrant sa route, mais, pour le reste, rien n'a changé.

De son rocher perché, il peut voir toute la vallée, de l'amont à l'aval, et aussi, juste devant lui, le chemin de ronde tout au long duquel quelques messieurs palabrent et se congratulent.

Soudain, planté entre le préfet et le maire, il distingue André Ferro qui est devenu le gardien du barrage de Malpasset. Maintenant, André a des responsabilités importantes : matin et soir, il doit aller contrôler le niveau de remplissage, ouvrir un peu, ou fermer un peu la vanne, et puis surtout, s'assurer que le mur tient bon !

Fabrizio ricane :

— Ah ça, pour tenir bon, il tient bon ! Inutile de se faire du souci, c'est pas cette grande flaque d'eau qui le fera s'écrouler un jour !

Basta ! Tous ces messieurs peuvent bien se pencher pour voir ce qui se passe en bas du mur rose, ils y verront sûrement la cime de quelques aulnes, bouleaux, trembles et frênes, mais d'eau, guère ! Et assez d'eau pour se faire lac, lac qui monterait jusqu'au vallon des Oures, jamais !

Le Reyran continue de courir comme il l'a toujours fait.

A force de crachats et de mauvaises pensées, Fabrizio a réussi à empêcher l'abomination qui se préparait. Il a gagné ! Peut-être pas contre les bulldozers, les grues et les camions, ni contre le mur qui se dresse et barre sa route...

... mais contre l'eau ! Oui !

L'eau que la main de Dieu laisse courir !

Il est clair que le bon Dieu n'aime pas ce barrage...

Alors donc, ils peuvent bien continuer à se réjouir tous ces couillons, aujourd'hui, Fabrizio s'en fout. Il peut dormir tranquille.

13

En cette fin d'année 1956, Violette arrivait au bout de ses peines. Jeanine allait à l'école. Bruno travaillait à la mairie où le maire lui confiait quelques travaux d'écriture. Ne lui restait en charge que son aînée, toujours éteinte mais si docile qu'elle ne lui causait guère de souci.

Cependant, malgré toutes les marques d'amour que lui donnait Menfouti, Violette s'inquiétait :

— Vé, tata, disait-elle à Gasparine, tu vas voir que cette tirassado[1] de Mireille me le prendra un jour !

Ce samedi 16 septembre, sous un ciel bleu et doux, Callian s'apprêtait à célébrer le mariage de Maryse et de Dédé. Eparpillés sur la place de l'église, quelques villageois guettaient vers la montée de l'Isle d'où devait arriver le cortège, au sortir de la mairie.

Côté nord, près du bassin de la fontaine, se tenaient Mireille, Maria et Pancrace Miquelet. Nul ne savait pourquoi les habitants du Puits du Caillou étaient venus assister à cette cérémonie. D'ordinaire, plutôt

1. Traînée.

que de fêter des épousailles, ils préféraient se réjouir de survivre à celui qu'on enterrait. Peut-être Pancrace voulait-il faire savoir qu'il allait bien depuis que, de douleur las, il s'était résolu à payer médecin et médecine ?

Mireille tenait haut la tête, elle défiait l'assistance de son regard aigu.

Côté sud, Gasparine, Fabrizio, Violette et ses enfants attendaient à l'ombre des marronniers qui bordent la route.

L'une face à l'autre, bien que semblant s'ignorer, à force de coups d'œil impalpables, les deux familles ennemies s'observaient.

Le cortège tardait à venir, des enfants jouaient aux billes, quelques femmes fatiguées s'assirent sur des bancs ombragés. Ce fut dans ce silence, à peine parsemé de murmures, qu'on entendit soudain pétarader la moto de Menfouti. Aussitôt, tous les yeux se tournèrent vers le muret de Saint-Antoine où celui-ci avait coutume de garer sa machine. Maxime l'accompagnait.

Les deux jeunes hommes avancèrent benoîtement vers la place sous le regard pensif des gens. Si la plupart des villageois imaginaient sans peine qu'une fois sur le parvis Maxime allait rejoindre sa mère, d'autres étaient curieux de savoir si, devant tous et toutes, Menfouti se rallierait au clan de ses parents ou bien s'il oserait s'approcher de Violette et de sa petite famille.

A voix basse ou en pensée, chacun y alla de son pari.

Menfouti et Maxime, très à l'aise, prirent leur temps. Passant d'un groupe à l'autre, ils saluèrent quelques amis. Ils se trouvaient plantés à mi-chemin entre les deux clans lorsque, lâchant la main de Violette, la petite Jeanine courut vers son père et se jeta dans ses bras en poussant des petits cris.

— Hop là ma belle, dit Menfouti en soulevant sa fille jusqu'à lui faire toucher les premières feuilles des marronniers du parvis.

Ensuite, afin de rendre l'enfant à sa mère, Maxime et Menfouti se dirigèrent tout naturellement vers Violette, Viviane et Bruno qu'ils entourèrent de mille marques de sympathie.

Les braises qui flamboyaient dans les yeux de Maria auraient pu mettre le feu à la forêt. Mireille, elle, ne put se retenir et cria :

— Alors, on ne reconnaît plus sa mère ?

Et puis, comme Maxime semblait n'avoir rien entendu :

— On se demande bien lequel des deux réchauffe le lit de mademoiselle !

Tous les anges du paradis s'attardèrent sur la place de l'église lorsque Maxime, bourru, se dirigea en ronchonnant vers Mireille :

— Qu'est-ce qui te prend à gueuler comme ça ? lui lança-t-il avant de se diriger, comme pour la punir, vers ses amis du Cercle de l'avenir.

Accaparé par Bruno, Viviane et Jeanine, Menfouti, lui, ne traversa point le parvis.

L'affront, fait en public, était de taille. On ne sut jamais si, de guerre lasse, Menfouti aurait fini par rejoindre ses parents, puisque, en arrivant, le cortège fit se retourner les têtes vers le côté opposé.

Aussitôt, suivant la foule qui s'y pressait, Menfouti, Violette et les enfants entrèrent dans l'église. Tandis que Pancrace, mécréant, choisissait de prendre place à la terrasse d'un café, Maria et Mireille passèrent sous le porche à leur tour.

Lorsque, sous les cloches sonnantes, la mariée traversa la nef, Violette, bouleversée, ne put cacher son trouble. Comprenant sa peine, Menfouti se pencha vers elle :

— Ne pleure pas. Bientôt, la mariée, ce sera toi, murmura-t-il.

Puis il s'inclina vers le front de Violette et l'effleura d'un baiser léger.

Rubiconde mais rayonnante, Violette accepta ce baiser, baiser donné au vu et au su de tous, comme une promesse solennelle d'une union à venir. Elle prit le temps de savourer cette cuillerée de miel inattendue dans une attitude recueillie, puis, alors que l'assistance était encore entièrement tournée vers elle, elle pivota vers la travée où se trouvait Mireille et, de son pouce frottant le bout de son menton, elle nargua celle-ci avec effronterie.

Lorsque Menfouti, Violette et les enfants allaient passer les fins de semaine chez Gasparine, Maxime était bien souvent de la fête. Ces jours-là, les collines et le vallon des Oures retentissaient des fracas des boules de pétanque, des rires sonores et des cris de joie des enfants. Tandis que Violette et Gasparine cuisinaient en se chipotant ou bien tricotaient de conserve à l'ombre d'un mûrier, les hommes jouaient ou bricolaient dans l'appentis.

La nuit venue, lorsque tous dormaient côte à côte dans les deux uniques pièces du cabanon de Gasparine,

Menfouti entraînait Violette vers une petite maison de la forêt afin de pouvoir lui parler d'amour en paix.

En ce temps-là, une fois franchies les collines des Adrets, la route de Fréjus passait sur un petit pont de pierre qui franchissait le Reyran d'une seule envolée. C'était le pont des Oures, un pont si étroit que les voitures ne pouvaient s'y croiser.

Un peu avant, à main gauche, se trouvait la maison des cantonniers, petite baraque entourée de bruyère dans laquelle gardes forestiers et cantonniers se mettaient à l'abri les jours d'orage et déposaient leurs outils.

Il y avait bien longtemps de cela, clignant de l'œil, Sénéquier, le garde forestier, avait dit à Menfouti :

— Va l'ami, je m'en vais te dire où se cache la clef. Ainsi, s'il pleut un dimanche, Violette et toi pourrez y passer un petit moment...

C'était dans cette maison qu'avait été conçue Jeanine.

14

Aux premiers jours de l'année 1957, personne ne parlait plus du barrage sinon pour s'en moquer ou pour s'indigner indéfiniment :

— Quand je pense à tout le pognon que ce machin a coûté...

— ... machin qui sert à rien !

— ... machin dont personne ne voulait !

— ... machin qui ne se remplira jamais !

— ... machin qui n'a de barrage que le nom !

— C'est pas un barrage, c'est une passoire !

— La vérité est qu'ils n'osent même pas le remplir !

Comme pour donner raison aux bavardages, un jour de 1957, dans le journal *Nice-Matin*, parut un article qui disait ceci :

« Est-il exact que, si le barrage du Reyran a fait couler beaucoup d'encre à défaut de la moindre goutte d'eau, c'est parce qu'on se serait rendu compte après coup que, dans le cas où sa mise en eau — qui n'est toujours que partielle — serait amenée à la cote prévue, la pression subie par le barrage risquerait d'avoir sur lui de graves conséquences, conséquences que les auteurs du projet n'avaient, certes, pas prévues ? »

Aux terrasses des cafés, oubliant Malpasset, on préférait parler de la construction prochaine de l'autoroute venant de Marseille et qui, arrivant à Fréjus, tracerait son chemin à deux doigts de Malpasset, enjamberait le Reyran avant de filer vers Nice. Il se disait que, plus loin, une interminable procession d'engins monstrueux tranchait déjà la terre des collines pour remplir les vallons en laissant derrière elle une longue plaie saignante que parcouraient des milliers de camions.

Mais, dans l'ensemble, les villageois bénissaient cette fièvre de bâtir qui, en s'abattant sur leur région, leur évitait le chômage ou l'exil. Et cela d'autant plus que l'on parlait aussi de la construction d'un autre barrage qui se ferait à Saint-Cassien-des-Bois. Barrage hydroélectrique, celui-là, destiné à alimenter en électricité Cannes et ses environs.

Les romantiques venaient chaque semaine à Malpasset pour constater la transformation de la douce vallée de maquis vert en étendue d'eau bleue. Une fois arrivés sur le chemin de ronde de ce mur « finement courbé, superbe et gigantesque » ainsi que le décrivaient les journaux, ils s'y accoudaient et passaient des heures entières à ne rien faire d'autre que se pâmer.

Les forestiers s'étonnaient que les abords du Reyran n'aient pas été débarrassés des arbres qui, jadis, le décoraient. A voir les cimes pathétiques des frênes dépasser de l'eau, ils disaient :

— Tout de même, ce n'est pas de la propre ouvrage.

Ceux qui n'étaient jamais descendus à Malpasset haussaient les épaules avec philosophie :

— Bah, pour nous autres pauvres, puisque *Le Petit Niçois* met sa photo en première page, on sait tout sans avoir besoin d'y aller.

L'eau du lac naissant avait été empoissonnée par la Société de pêche et depuis, tous ses rivages faisaient le bonheur des pêcheurs du canton de Fayence. Ceux-là y allaient à pied, à bicyclette ou en camionnette faire des pêches miraculeuses en traquant le chevenne, les barbillons et le barbeau.

— Pour nous autres pauvres, en plus de nous faire plaisir, le lac remplit aussi les assiettes de toute la famille !

Mais tous se désolaient du fait que ce barrage inonde peu à peu la belle route de Fréjus, celle toute douce qu'ils empruntaient depuis toujours, celle qui se terminait dans la plaine en une superbe forêt de pins parasols.

— A présent, il nous faut attraper le vire-vire en passant par Bagnols vu que cette route-là n'en finit pas de tourner.

Bon gré, mal gré, de pluies fines en gros orages, le lac de Malpasset s'étendait à présent sur deux bons kilomètres, il arrivait un peu avant le vallon de Jasmin, vallon où l'on peut voir encore une sorte de petit pont d'une seule arche, petit pont de pierre à la fois inébranlable et pathétique, petit pont délicieux qui est, en vérité, un morceau de l'aqueduc romain qui allait jadis de Mons à Fréjus.

Il est six heures du soir et pourtant le soleil est encore brûlant en ce jour d'avril 1957. Comme il en a pris l'habitude depuis que le Reyran se fait lac, Fabrizio s'en va à la rencontre de l'eau.

C'est plus fort que lui, chaque jour, il s'en va rendre visite à ce qui le fait trembler.

Fabrizio descend le cours du Reyran puis, une fois arrivé à l'endroit où le ruisseau s'étale, il plante un repère — une grosse pierre — qu'il dépose juste à l'estuaire, au point précis où l'eau qui dort semble avaler l'eau qui court.

Chaque lendemain, Fabrizio vient constater l'avancée de l'eau. Il la mesure avec soin, en usant de mille astuces pour faire ses calculs, calculs savants qui tiennent compte tout autant de la largeur du bras que de la hauteur de l'eau et, bien sûr, de la distance séparant son repère du nouvel estuaire... le tout sans jamais mettre un pied dans le ruisseau.

Certains jours, l'avance est nulle ou presque. Tout au plus, quelques centimètres. L'eau semble s'être arrêtée pour un temps, ou pour toujours peut-être. La semaine dernière, elle a même baissé !

Mais aujourd'hui, Fabrizio est anxieux. Depuis la veille au soir, de grosses averses se sont succédé jusqu'au lever du jour.

Fabrizio est anxieux, soit, mais il est curieux aussi.

Son manège, sa manie, est devenu un jeu. Tout en avançant, il tente de prévoir au plus juste ce que sera la montée des eaux.

« Ce matin, s'était-il dit, elle a dû avancer de trois bons pas... »

En arrivant, il constate que l'avancée est si flagrante qu'il a de la peine à distinguer son repère, l'eau submerge sa grosse pierre. Il fait sa mesure d'un simple coup d'œil, puis il exulte :

— Coquin de sort, elle a monté d'au moins trois mètres ! Je ne me suis pas trompé !

Ce sont, en priorité, les mètres linéaires qui l'intéressent, ceux qui mangent, jour après jour, le dernier espace séparant sa misère prochaine de sa tranquillité d'aujourd'hui.

Chaque fois, son orgueil lutte avec sa terreur d'être un jour submergé.

Ses yeux vont et viennent plus de cent fois de sa pierre à ses pieds quand, soudain, descendu de la colline, le garde-pêche le hèle :

— Salut l'ami ! Tu connais la nouvelle ?

Le garde a l'air grave. Fabrizio aussitôt s'inquiète :

— Qu'est-ce qui se passe encore ?

— Eh bé vé, le barrage a tué. Hier, on y a repêché le corps d'une pauvre femme, tu sais, la mère du gardien.

— André ?

— C'est ça.

Fabrizio connaissait cette gentille femme qui logeait à Garrot :

— Comment ça s'est fait ?

— Paraît qu'elle était malade, elle a dû prendre le vire-vire, basculer et se noyer !

Fabrizio n'en revient pas. Il dit seulement :

— Pauvre de nous.

Avant de rentrer chez lui, Fabrizio monte encore sur la colline. Une fois arrivé au plus haut, il cherche des yeux sa maison de la Carpénée, la maison qu'il n'a jamais oubliée, celle que Pancrace Miquelet lui a volée en le traînant devant le juge.

Il la distingue à peine, un point blanc parmi le vert des figuiers qui l'entourent. Et comme à chaque fois, des larmes lui montent aux yeux.

— Il me l'a prise mais il n'en fait rien, murmure-t-il. Elle est abandonnée...

Fabrizio revient chez lui en se disant qu'il donnerait bien quelques années de sa vie pour y retourner vivre et mourir, peinard, à l'abri de la montée de l'eau.

Un jour de pluie, alors que les amoureux dormaient dans la petite maison cantonnière, Violette fit un cauchemar barbare et monstrueux.

Elle était couchée auprès de Menfouti lorsqu'elle avait vu l'eau du lac se mettre à bouillir et gonfler comme par magie jusqu'à devenir un gigantesque tourbillon, une vague si puissante et si folle qu'elle grimpait la vallée en courant, se jetait sur la maison cantonnière, puis les emportait, tous deux nus et glacés dans leur sommeil d'amoureux repus.

Ce n'était qu'un rêve, bien sûr, mais un rêve si bien ressenti qu'au réveil, encore toute tremblante, elle raconta l'histoire à Menfouti. Ensuite, elle le supplia de ne plus jamais l'emmener dormir dans cet endroit maudit.

— Les rêves disent toujours la vérité !

Menfouti se moqua d'elle :

— Vé, l'eau est encore à deux bons kilomètres, on aura bien le temps de la voir arriver !

Las, toute sa force et toute sa tendresse ajoutées ne suffirent pas à faire disparaître l'épouvante de Violette ni à fléchir sa volonté. La malheureuse ne cessait de répéter :

— J'aimerais dormir au sommet d'une colline si haute que l'eau n'y viendra jamais.

La semaine suivante, Menfouti partit donc à la recherche d'un autre nid placé si près du ciel que l'eau n'y viendrait jamais. Il le trouva tout en haut d'une collinette, un peu plus dodue que les autres, sise à mi-chemin entre Jasmin et Malpasset, bien à l'abri, semblait-il, de la montée des eaux. C'était un endroit tranquille, nul n'y passait jamais. A cette époque, plus guère de troupeaux ni guère de bûcherons ne s'aventuraient sur ces coteaux arides dont la terre dénudée témoignait encore de l'incendie de forêt.

C'était une ancienne cabane de berger bien cachée dans un repli du sol, une cabane ronde à moitié effondrée. Du devant de la porte on pouvait voir, sur la droite, le moutonnement des collines des Adrets et sur la gauche, tout proche, le mur du barrage de Malpasset.

Menfouti estima longuement l'ampleur du travail qui serait nécessaire pour rendre cette cabane habitable, puis il se dit :

« Maxime m'y aidera. »

Les deux hommes y travaillèrent en secret durant de longs jours. Ils y venaient, en fin de journée, chaque fois que leurs travaux des champs le leur permettaient. Menfouti se disait qu'une fois la cabane rendue propre, belle et confortable, il en ferait la surprise à Violette :

« Vois, lui dirait-il, perchés comme nous le sommes, nous ne risquerons pas d'être noyés ! »

15

Depuis que le lac a été empoissonné, sans abandonner sa fonction de surveillant de la montée de l'eau, chaque après-midi, Fabrizio enfile son bleu de travail, noue une vieille écharpe de laine rouge autour de son cou, puis il s'en va pêcher.

Il pêche avec Toni, son vieil ami, celui qu'il rencontrait, jadis — c'est-à-dire avant le barrage — au bar de l'Esterel à Fréjus.

Toni n'est pas un ange. C'est un ancien des Bat'd'Af' qui a fait tous les métiers et toutes les guerres, qui a passé sa vie à bourlinguer à travers le monde en séjournant plusieurs fois dans les prisons de quelques pays.

Maintenant qu'il est vieux et sage, Toni vit à la campagne chez sa vieille mère qui habite un pauvre cabanon situé à trois kilomètres environ en dessous de Malpasset.

Lui qui n'a jamais eu peur de rien a peur du barrage. Il ne cesse de dire :

— Ce tron de Dieu de machin va finir par péter.

Un jour, il a confié à Fabrizio :

— J'aime mieux passer mes journées en dessus plutôt qu'en dessous de ce maudit mur. Sans parler des nuits, capon de pas Dieu, je ne dors plus... Je crois bien que je ne m'y ferai jamais.

Alors donc, pendant que Fabrizio descend le Reyran pour se rendre à Jasmin, Toni, lui, enjambe le barrage par les collines puis il grimpe la vallée. Tous deux se retrouvent au pied du petit pont de l'aqueduc romain. C'est leur place familière. Ils y ont installé leur campement, l'espace leur appartient. Gare à ceux qui viendraient déranger leurs pensées lorsqu'ils sont assis côte à côte, au bout de leur canne de roseau.

Toni a épousé toutes les peurs et toutes les colères de Fabrizio.

Fabrizio a épousé toutes les peurs et toutes les colères de Toni.

Tous deux se consolent en buvant les bouteilles que Toni apporte dans sa musette jetée sur son dos.

Les deux hommes prennent tant de plaisir à parler, à boire et à pêcher que les heures filent et glissent, légères.

Chacun d'eux en revient toujours à ce qui le fait trembler : tandis que, vivant en amont, Fabrizio surveille la montée des eaux, Toni, qui vit en aval, raconte la construction de Malpasset.

Il est sévère :

— Quelle bande de bras cassés que cette équipe de maçons ! Des mange-fèves qui travaillaient quinze jours et se croisaient les bras les quinze jours d'après. Le mur s'est fait par petits bouts... Quant au béton qu'ils fabriquaient... Boudiéu, j'en aurais pas voulu pour faire mon poulailler ! Je les ai vus faire comme je te vois, coquin de sort. Les camions arrivaient pleins de sacs de ciment... et repartaient... à moitié pleins des mêmes sacs de ciment ! Mais, vaï, s'il n'allait pas dans le béton, le ciment n'était pas perdu pour tout le monde !

Il conclut :

— Et tu voudrais que ça tienne debout ?

Afin d'alléger son haleine, avant de revenir chez lui, Fabrizio mâche quelques herbes parfumées. Il prend tant de plaisir en compagnie de Toni qu'il rentre chaque jour de plus en plus tard.

Quand il revient à la nuit noire, pour se faire pardonner, il dit à Gasparine :

— Il fait si bon, le soir, regarder la lune pleine au beau milieu de son troupeau d'étoiles faire son chemin dans le ciel dans le même temps qu'elle glisse sur l'eau de Malpasset.

Peu sensible à la poésie, Gasparine ronchonne :

— Moi, j'ai dans l'idée que ce lac te rend fada. Tu ne peux plus t'en passer. On dirait qu'il t'a jeté le mauvais œil !

Ensuite, elle s'approche et, soupçonneuse, elle renifle son mari :

— Tu mâches de l'herbe, à présent ?

Désormais, le samedi, lorsque Violette, Menfouti et les enfants viennent passer la fin de semaine dans le cabanon de Gasparine, tous et toutes, canne en roseau à la main, s'en vont pêcher avec Fabrizio.

Toni, prudent, ne se montre pas.

Assises au bord du lac, Violette et Gasparine reprisent des chaussettes à l'ombre d'un chêne-liège qui n'en revient pas d'avoir les pieds dans l'eau. S'il ne pêche pas avec Menfouti, Bruno fabrique des bateaux avec des petits morceaux de bois et des allumettes. Avec des bobines et un élastique, il construit des moulins et taille des boudufles[1] dans les boules de chêne qu'il a apportées.

D'autres fois, il s'occupe de ses sœurs et les mène avec gentillesse. Jeanine l'accapare sans cesse tandis que Viviane, pauvre pitchote, lui tient tête. Il s'accommode des deux avec douceur.

S'ils grimpent sur la colline, ils peuvent, là-bas, voir le mur rose du barrage, étincelant sous le soleil de midi.

La cabane que construit Menfouti se trouve un peu plus loin, plus près de Malpasset. Elle reste son secret. Pas même Gasparine ne saurait y aller.

Un jour qu'ils revenaient ensemble au cabanon du vallon des Oures, Fabrizio entraîna Menfouti en haut de sa colline. Arrivé là, il tendit le doigt vers le petit point blanc, son étoile, sa douleur, son ancienne maison de la Carpénée :

— Vois la maison là-bas, c'est là que nous habitions quand Violette est née.

Menfouti hoche la tête sans comprendre.

— Ah vouïe, belle maison, fait-il.

— Eh bé, dit Fabrizio... tu étais tout petit quand ton père nous l'a couillonnée.

1. Toupies.

Un autre jour, alors que tous sont allés se promener vers le vallon de Jasmin, Violette s'écrie :

— Allons voir le barrage ! Il est tout à côté !

Gasparine refuse, Fabrizio supplie :

— Viens, viens, avance encore un peu... viens voir ce machin d'un autre monde !

Gasparine proteste encore puis elle se résigne enfin pour faire plaisir à son mari. Ils y vont par les collines, à travers le maquis ensoleillé.

Une fois parvenue sur le chemin de ronde, Gasparine se met à trembler :

— Oh pauvre, toute cette eau d'un côté et rien de l'autre ! Vé, ça me donne les trois sueurs !

Elle veut fuir, mais Fabrizio l'en empêche :

— Attends un peu que je calcule l'épaisseur du mur !

Il en prend la mesure avec ses pieds.

— C'est pas Dieu possible, pas plus épais qu'une feuille de papier !

Tous et toutes parcourent le chemin de ronde, surpris et craintifs. Pour finir, saisis d'admiration tout autant que de stupeur, ils s'accoudent au parapet et regardent le paysage sans pouvoir s'en rassasier.

A cent mètres de là, juste derrière une colline, les chantiers de l'autoroute troublent la sérénité des lieux. Il s'y fait un tapage épouvantable. Des engins énormes s'appliquent à trouer la roche sous les gueulantes et les coups de trompette tandis que des camions vont et viennent dans un carrousel interminable.

Soudain commencent des tirs de mine et s'ensuit une succession d'explosions assourdissantes. A chaque fois, Gasparine sursaute et se signe. Fabrizio se croit revenu douze ans en arrière, au temps du débarquement en Provence lorsque les tirs d'obus alliés faisaient trembler la terre et les cieux. Il s'énerve :

— Z'ont pas fini de nous faire caguer !

Tout à coup, l'une d'entre toutes les explosions, celle-là plus violente que les autres, éclate comme un tonnerre qui tomberait à leurs pieds. Sous la stupeur et l'épouvante, Gasparine sent ses genoux s'affaisser :

— Le mur tremble, hurle-t-elle.

— Boudiéu ! brame Menfouti qui s'est emparé de la petite Jeanine, c'est qu'ils vont tout faire péter avec leur chaplachou du tron de Dieu !

André Ferro, le gardien, arrive à cet instant. L'air bourru, il s'avance vers eux pour les saluer.

— Vé, le mur a tremblé, ils vont tout faire péter ! répète Fabrizio.

— Je l'ai déjà signalé, répond celui-ci. Ils m'ont dit de ne pas m'inquiéter.

Comme pour le contredire, une nouvelle déflagration fait frissonner le barrage. L'eau du lac se ride.

Gasparine, Violette et les enfants s'enfuient, terrorisés.

Avec les beaux jours, Fabrizio semble avoir recouvré sa bonne humeur, le vin de Toni le dope et lui permet d'oublier.

Mais lorsqu'il retrouve Gasparine tricotant placidement sous son mûrier, Fabrizio ronchonne, agacé par trop de sérénité. Puisant dans ses anciennes peurs, il maugrée :

— Qu'on le veuille ou non, l'eau court quand même. Tu verras... l'année prochaine, adieu la mine de Garrot, adieu le cabanon...

— Mais non, répète inlassablement Gasparine. André Ferro te l'a expliqué avec la carte d'état-major ! Il t'a montré les lignes de niveau et les numéros des cotes ! Notre maison se trouve à la cote 110, au-dessus de la cote du barrage complètement rempli !

— Quèsaco la cote du barrage ?

Gasparine tente d'expliquer ce qu'elle ne comprend pas très bien elle-même. Fabrizio s'emporte :

— En galère, m'en fouti des lignes et des cotes ! Si l'eau vient à Garrot, elle viendra jusqu'ici !

Et, comme pour se consoler, Fabrizio demande un verre de vin.

Gasparine n'ose pas le lui refuser.

16

Le petit geste impertinent que Violette avait adressé à Mireille dans l'église sonna, pour les deux femmes, une déclaration de guerre d'un autre genre, guerre ouverte et sans repos. Ce n'était plus la conquête de Menfouti qui les faisait s'affronter désormais, mais une haine tenace, née du dépit pour l'une et de la rancune pour l'autre, Violette voulant rendre tout le mal qu'elle avait naguère reçu.

Bien loin de baisser le front, Mireille et Maria redoublaient de provocations et de sous-entendus. Dans les ruelles, Mireille soutenait Maria par le bras comme l'aurait fait une fille pour sa mère. Maria, elle, se moquait publiquement de la simplicité de Viviane et de l'infirmité de Bruno.

Gasparine disait :

— Leurs manières feraient perdre patience à tous les saints du paradis.

— Que celui qui sème les épines n'aille pas sans souliers, s'impatientait Violette. Je m'en vais leur montrer de quel bois je me chauffe !

« Me garderais bien d'acheter de ta morue, disait-elle à la marchande de poisson. Qui se ressemble s'assemble... Garde-la pour les morues du Caillou !

« Vé, disait-elle à Jeanine tout en prenant bien soin d'être entendue de Mireille, vé, vé la sorcière, fais-lui les cornes et tire-lui la langue.

Afin d'aider Violette dans sa bataille, Gasparine disait à qui voulait l'entendre :

— Fan des pieds, quand on pense que cette mange-punaises de Maria va bientôt crever sans même avoir embrassé sa petite-fille ! Et pourtant, Dieu garde, voyez comme la petitoun lui ressemble ! C'est elle caguée !

Maria, qui ne lui pardonnait pas d'abriter les amours de son fils, appelait Gasparine « la mère maquerelle ». Ce à quoi celle-ci répondait en traitant Maria de « ventre mou », réservant « langaste[1] » et « radasse » à Mireille.

Le dimanche, les hommes du village racontaient à Menfouti ce qui s'était dit de rue en rue et concluaient :

— Si l'on n'y prend pas garde, un jour, elles en viendront aux mains.

Prédiction qui faillit bien se réaliser.

Il y avait fort peu de temps encore, le tout-à-l'égout n'existait pas dans le village. On faisait ses besoins chez soi, dans un seau qu'il fallait ensuite aller vider au cagadou municipal. Cagadou municipal qui n'était qu'un trou recouvert de deux planches dis-

1. Tique de chien.

jointes et dont les effluves parfumaient tout le quartier.

Mais, peu de temps avant la guerre de 40, le tout-à-l'égout avait été construit et depuis, les rues sentaient bon et les cagadous ne servaient plus qu'aux joueurs de boules et aux gens de passage...

Violette, hélas, était la seule à devoir encore y aller.

A la Libération, un obus tombé dans sa courette avait démoli les tuyaux de raccordement au collecteur principal. Comme à l'époque, déjà veuve et mère de deux petits enfants, elle ne travaillait guère et peinait à gagner juste de quoi nourrir sa famille, elle n'avait pas pu faire réaliser les réparations. Ensuite, de fil en couture, elle avait laissé les choses aller de même, sans plus s'en inquiéter.

Chaque petit matin, on pouvait la voir descendre sa rue avec son grand seau au bout du bras. Elle n'avait pas un bien long chemin à faire mais elle le faisait à la sauvette pour ne pas se faire remarquer des lève-tôt.

Il faisait à peine clair ce jour-là, lorsque Violette sortit de sa maison pour se rendre au cagadou municipal du boulevard Amiral-Rue. Elle descendait la rue du Vallat à petits pas, prenant bien soin de ne pas faire chavirer son seau lorsque, arrivant par-derrière, Mireille, perchée sur son Solex, la frôla de si près qu'un bon peu de merde tomba sur ses pieds.

Mireille continua sa route en riant clairement de sa mauvaise plaisanterie.

Elle n'alla pas bien loin, hélas. A quelques pas de là, Georges, le menuisier, qui manœuvrait sa camionnette, barra, à cet instant, si complètement la ruelle que Mireille, furieuse, dut brusquement mettre pied à terre. Elle reprenait à peine son équilibre lorsque Violette, arrivant tout près d'elle, lança le contenu du seau sur ses jambes en criant bien haut :

— Vé, il en est resté un peu, prends-le et que ça te parfume !

Les cris horrifiés de Mireille firent s'ouvrir les derniers volets.

Hurlante encore, elle perdit un temps précieux à se dégager de son vélomoteur, temps que Violette mit à profit pour disparaître prestement.

Plus tard, Georges, le menuisier, commenta la scène en ces termes :

— Heureusement que la petite est vive et l'autre grosse comme une truie... autrement elles en venaient à s'estriper en pleine rue.

Le lendemain de cette affaire dont le souffle amusé passa de porte en porte jusqu'aux limites du canton, Maxime vint réparer le tuyau de raccordement de Violette. Menfouti, lui, entra dans une belle colère :

— Tu ne vas tout de même pas te bastouner devant tout le monde à présent ! dit-il à Violette. J'en ai rien à faire de Mireille, tu le sais bien ! Alors, tiens-toi tranquille ou tu auras affaire à moi !

Violette hoqueta amèrement :

— C'est elle qui a commencé !

— Peut-être bien ! Mais j'en ai assez de vous voir vous degapigner en pleine rue. Fais en sorte de ne pas me faire honte et s'il te faut ne plus voir Mireille, arrange-toi pour ne plus te trouver sur sa route !

A bout de patience et de chagrin, Violette commit alors une faute :

— Et pourquoi ce serait moi qui devrais laisser la place ? répondit-elle. Que je me lève du milieu pour laisser passer Madame ? Que je disparaisse ! Et que je laisse ta garce de mère injurier mes enfants ?

Menfouti, peu à peu, s'était fait homme. Il crut bon de le prouver en répondant :

— Fan d'aquello ! Voilà que tu déparles, à présent ! Si tu veux qu'un jour je t'épouse, apprends qu'il te faudra d'abord respecter mes parents !

Et, pour la première fois de sa vie, Menfouti fit mine de lever la main.

La malheureuse Violette courut déverser ses larmes dans le giron de Gasparine. La brave femme la berça en lui disant :

— Tu n'aurais pas dû injurier sa mère. Vrai, même si c'est une bordille...

— Je ne le reverrai plus jamais, sanglota Violette. Vois, tata, malgré tout ce que j'ai supporté depuis bientôt dix ans, Gilbert ne m'a apporté que de la honte et du malheur. Je ne veux plus le voir... jamais.

Et, le samedi suivant, lorsque Menfouti vint siffler sous ses fenêtres, Violette refusa de le laisser entrer.

Menfouti n'en continua pas moins à réparer la cabane de Jasmin. Il disait à Maxime :

— Sûr que Violette n'est pas contente. En ce moment, elle a des rats dans la tête[1]. Mais cela lui

1. Elle fait un caprice.

passera quand elle verra la belle cabane que je lui ai faite.

Seule dans sa cuisine, Gasparine lit et relit un article du journal *Nice-Matin* qu'elle tient entre ses mains. Elle a peur de ne pas bien comprendre ce qui y est dit, elle a peur de se réjouir trop tôt ou de se désespérer trop vite.

Arrivée à la dernière ligne, elle relit une fois encore les mêmes lignes à haute voix pour mieux se pénétrer de la signification de chaque mot.

L'article dit :

« Si l'on attend l'eau du barrage, on attendra longtemps. Aussi longtemps qu'on n'aura pas trouvé, dans le haut Var ou dans les basses Alpes, une rivière que l'on puisse amener à s'engloutir à grands frais dans son réservoir. Le Reyran qui est supposé capable de l'alimenter n'est pas une rivière, il n'a pas de source. Ce n'est qu'une rigole qui conduit les eaux de pluie tombées dans ce qu'on peut appeler son bassin. Sur une carte d'état-major où les lignes de niveau sont tracées, il est facile de délimiter le bassin et d'en calculer la surface... Connaissant la hauteur du barrage et sachant la hauteur moyenne de pluie tombée, on peut tout aussi facilement calculer jusqu'à quel niveau l'eau peut monter. »

Gasparine souffle et marque un temps, puis reprend courageusement son éprouvante lecture.

« ... Il faudrait un véritable déluge qui serait un cataclysme pour tout le pays, pour remplir Malpasset... temporairement. On dit qu'un litige avec une compagnie minière oblige actuellement à arrêter les eaux à un certain niveau. Quelle bonne excuse ! L'eau ne montera jamais qu'exceptionnellement plus haut que maintenant... »

Gasparine se frotte les mains, un grand sourire inonde sa figure :

— Je m'en irai voir par moi-même, dit-elle pourtant en repliant le journal de ses doigts usés.

Après avoir longé le Reyran presque sec, Gasparine s'est assise sur le bord du lac. Comme elle s'y attendait, elle a beau écarquiller les paupières, elle ne voit pas l'eau bouger, qui mouille toujours les mêmes cailloux.

Gasparine monte ensuite sur la colline afin de se rapprocher de Malpasset. C'est midi, le soleil brille, un mistralet rend l'air léger.

Les cigales font « segue, segue... », elles chantent la moisson de l'été.

Une fois arrivée en vue du barrage, Gasparine s'en approche autant qu'elle le peut. Ensuite, elle descend quelques mètres puis se penche, l'eau scintille à ses pieds, une eau si claire qu'elle laisse voir la vallée telle qu'elle était hier, comme si juste une glace la séparait du monde d'aujourd'hui. On y distingue encore la route et les rochers et puis aussi les feuillages des bouleaux et la cime des peupliers.

Gasparine en est toute bouleversée.

« Il faudra bien s'y faire », pense-t-elle.

Mais l'important n'est pas là.

Le journal a dit vrai.

A moins d'un déluge, l'eau ne montera jamais jusqu'au vallon des Oures.

17

En fait de vérifications devant être faites au cours du remplissage, Malpasset n'était soumis, selon la loi, qu'à quelques contrôles réalisés par le service départemental des Ponts et Chaussées. C'était tout ce qu'exigeaient, à cette époque, les textes concernant les retenues d'eau destinées à l'irrigation et, donc, dépendantes du ministère de l'Agriculture. En revanche, si Malpasset avait été un barrage hydroélectrique, il aurait été contraint à de fortes obligations, tout autant durant sa construction, qui aurait été suivie par une commission d'experts composée d'ingénieurs qualifiés, que durant sa mise en eau qui aurait été contrôlée selon un protocole pointilleux.

Cependant, les vérifications les plus importantes, celles qui permettraient la réception définitive de l'ouvrage, devaient se faire lorsque le barrage serait complètement rempli. La mise en eau complète étant empêchée par le procès intenté par la mine de Garrot, une seule vérification eut lieu au cours de l'été 1959, alors que le niveau était loin de la capacité maximale du bassin de retenue. Elle démontra un déplacement de quinze millimètres. Le géomètre qui constata cette déformation la déclara dans les normes.

L'ingénieur responsable était déjà malade. Il n'en fut pas informé.

En ce temps-là encore, le dimanche, ceux des campagnes montaient au village pour le seul plaisir de prendre un bon temps bien mérité. Le dimanche n'était pas seulement le jour de la messe ou de la fête, c'était aussi, après une longue semaine passée seul sur ses terres, le temps des retrouvailles sur le jeu de boules et aux terrasses des cafés.

Les femmes rendaient visite à leur famille ou à leurs amies, celles du temps de l'école et celles des cueillettes des quatre saisons. Tout en tricotant ou brodant, par petits groupes, devant leur porte, elles racontaient comment allaient les épis, la fleur, l'olive ou la grappe, en retour on leur apprenait les dernières nouvelles du canton.

Après avoir retrouvé conscrits et collègues, au café des Marronniers, traditionnellement, les hommes jouaient à la manille, à la belote ou aux dominos.

Au Cercle de l'avenir agricole, on parlait chasse, pêche, culture et politique. En fin de journée, bien souvent, le silence se faisait lorsque Emile et Célestin commençaient à raconter des blagues en les mettant en scène, comme au café-concert, au beau milieu de l'assemblée. Le premier, avec force gestes, faisait avancer son histoire en posant sans cesse des questions. Questions auxquelles le second ne manquait pas de répondre à la place de ceux qui devaient deviner.

Prenant la posture du chasseur à l'affût, Emile disait :

— J'étais dans mon poste de chasse et... devinez un peu qui j'ai vu arriver... ?

Il mimait alors l'allure du compère qu'il fallait reconnaître.

— Fernand ! s'empressait de lancer Célestin.

— Coquin de Diou ! Fallait pas le dire ! se lamentait Emile.

— Et pourquoi je ne le dirais pas puisque je le sais, râlait Célestin.

A les entendre s'engueuler sans cesse, la compagnie s'amusait beaucoup.

D'autres se rassemblaient sur le jeu de pétanque, pour faire une partie ou bien suivre des yeux les boules faites de racine de bruyère et piquées de clous. Ils piétinaient de place en place, mains dans le dos, tétant leur pipe et commentant chaque coup. De temps à autre, ils prenaient parti dans un litige puis ils applaudissaient les tirs qui faisaient s'envoler les boules de tous côtés.

Si la rupture semblait consommée entre les deux amants, il n'y avait guère de monde pour y croire vraiment. Dès le petit matin, Violette arborait des yeux rougis tandis que, le soir, Menfouti errait comme une âme en peine sans savoir où poser ses pieds.

Ce jour-là, Menfouti et Maxime étaient là, penchés vers le cochonnet, mine pensive et mains dans le dos. Tout près d'eux se tenaient Bruno, Viviane et Jeanine — les parents ont beau être fâchés, les enfants demeurent amoureux. Bruno admirait le jeu de Menfouti, Viviane l'applaudissait, Jeanine, qui ne lâchait pas ses jambes, l'empêchait de se déplacer.

Au Petit Vatel, il y avait bal chaque dimanche après-midi.

Une fois passée la salle du bar où se tenait Germaine, la patronne, on entrait dans la salle du restaurant. C'était là que, le service fini, on enlevait les tables et repoussait les banquettes pour faire place au pick-up et à la piste sur laquelle jeunes et moins jeunes dansaient de cinq heures du soir jusqu'au milieu de la nuit.

Ce dimanche 22 mars 1959, Violette était entrée au Petit Vatel par ennui, par chagrin et par revanche aussi. Morose, elle s'était assise sur une chaise et, comme dix ans plus tôt, elle regardait les autres valser. Il y avait là ses amies, ses voisines et puis aussi quelques jeunes filles venues au bal pour y rencontrer les ouvriers du chantier de l'autoroute.

Quant à elle, épouse sans mari, promise sans fiancé, elle était intouchable, tel un lépreux...

Près d'elle se tenaient Yvonne, son amie d'enfance, fraîchement fiancée à Yves, un de l'autoroute, et puis encore Maryse et Dédé dont on venait de fêter les noces, et puis enfin René et Paulette qui habitaient la maison voisine avec leurs deux enfants de l'âge de Jeanine.

Ces couples amoureux se tenaient par la main s'ils ne s'effleuraient de temps à autre d'un baiser. Violette leur souriait, mais son sourire avait quelque chose de lugubrement désespéré.

Mireille arriva vers six heures, superbe dans une robe de coton à petits carreaux bleus et blancs. Elle passait à peine la porte lorsqu'un de Montauroux l'invita à danser. Plein de la hâte de pouvoir enfin coller la poitrine de la belle à sa panse, il l'entraîna aussitôt sur la piste. Alors que le couple passait à la hauteur de Violette, Mireille lança à celle-ci :

— Alors ? Toujours seule ?

Puis elle se mit à rire.

Le coup reçu en plein cœur fit aussitôt se lever Violette. Larmes aux yeux, elle se glissa entre les danseurs et sortit de la salle de bal pour descendre vers le jeu de boules. Menfouti était là et ses enfants aussi. Elle ne s'en approcha pas, et se contenta de les regarder de loin tout en parlementant avec une voisine.

— Vé, maman, s'écria tout à coup Jeanine.

Menfouti releva la tête du carré de boules qu'il était en train de mesurer. Ses yeux tristes rencontrèrent les yeux tristes de Violette.

Aussi grand benêt qu'il fût, il sut néanmoins, en un clin d'œil, que leur brouille était finie.

Au Petit Vatel, paso-doble, valses, tangos se succédaient.

Vers sept heures, Jean-Pierre, l'ancien mari de Mireille, entra dans la salle en compagnie d'un autre chauffeur de camion. On les vit rouler leurs épaules tatouées jusqu'à la fenêtre à laquelle ils s'appuyèrent, l'air indifférent et blasé.

Yves faisait le clown, comme d'habitude. Avec, en main, un plateau chargé de verres, il zigzaguait entre les danseurs en faisant tanguer sa précieuse charge comme l'aurait fait un empégué. Yvonne, sa fiancée, faisait vilaine figure et tentait de le calmer :

— On va dire que tu bois, lui soufflait-elle, et mes parents ne nous laisseront pas nous marier !

C'est alors que le pick-up entonna une raspa, danse toute nouvelle qu'il fallait danser en sautant sur ses jambes placées l'une derrière l'autre. Pleine d'effronterie, Mireille entra dans la danse et envoya aussitôt ses jambes de tous côtés, plus haut que toutes les autres, pour le simple plaisir de se faire remarquer.

— Vé, vé, ses talons, plus hauts que des pieux de vigne ! dit René qui ne la quittait pas des yeux.

— Je me demande bien comment elle fait pour s'y tenir ! ajouta François.

— Sans se casser son tafanari[1] du tron de Dieu ! finit Claude.

Face à face et bras dessus, bras dessous, tous les danseurs sautillaient de même, tapant dans leurs mains et galopant comme des fous.

La salle résonnait d'un boucan de fin du monde. Un groupe s'était formé autour de Mireille pour l'applaudir et regarder sous sa jupe. Celle-ci, pour les remercier, lançait ses jambes plus vaillamment encore. A la voir s'agiter si impudiquement, Jean-Pierre, en colère, bouillait de l'envie d'intervenir :

— Vé, vé sa culotte ! s'exclama Claude.

Alors, à bout de patience, Jean-Pierre bouscula le groupe pour s'approcher de son ex-épouse. Il la saisit au poignet, la maintint fermement devant lui puis siffla :

— T'as pas fini de me foutre la honte devant tout le monde !

1. Derrière.

— T'es plus mon mari, de quoi tu te mêles, sac à vin ! hurla-t-elle.

Le coup de poing partit comme une balle de fusil et laissa Mireille sur le carreau.

Jean-Pierre repassa la porte en disant tout haut :

— Un jour, je trouerai la peau à cette grosse truie.

18

Un jour poussant l'autre, arriva l'automne 1959.

Les expropriations, en vue de la construction du nouveau barrage, le barrage hydroélectrique de Saint-Cassien, avaient commencé.

Encore un bouleversement, encore des terres perdues pour la cueillette, la culture ou la chasse. Et pourtant... combien était belle cette douce vallée qui allait de Saint-Cassien à Fondurane. Une vallée où se rencontraient le Biançon et le Riou Blanco, où l'eau courait partout ; où les enfants se baignaient s'ils ne trempaient pas leurs culottes en tentant de barrer les cours des ruisseaux. Là étaient les plus belles prairies du canton, des cultures maraîchères, les jardins de chacun, la scierie, les ruches, la chapelle, la belle maison Aubin et toutes les fermettes de Pralong.

Mais, mis à part tous ceux qui seraient obligés de laisser noyer leurs terres et leur maison, peu importait aux autres que ce lac immense transforme leur horizon. L'agriculture ne nourrissait plus son homme. Les jeunes avaient besoin d'un travail afin de pouvoir rester vivre au pays.

Déjà, on recrutait des bûcherons pour abattre la forêt.

Il est des bouleversements si violents qu'ils ne laissent pas, à ceux qu'ils assaillent, le temps de lire dans l'avenir. De telles révolutions vont trop vite pour que l'on puisse, dans le même temps, oublier et imaginer.

Soupeser l'absence est impossible tant que l'absence n'est pas effective.

Une peine ne devient douleur que lorsque le cœur bat loin de sa poitrine.

Seul le présent peut avoir un sens et un prix.

En effet, sans pouvoir exprimer ce que serait cet arrache-cœur, les propriétaires passèrent des nuits blanches à tenter d'estimer avec des francs ce qu'on devrait leur donner en échange de ce qui avait été toute leur vie.

Un de Callian chercha bien à les réunir afin de mieux tenir tête à l'EDF et de faire en sorte que son administration ajoute le préjudice du cœur au prix des pierres et des hectares perdus. Hélas, ignorant que l'union fait la force, beaucoup trop, en douce, tentèrent vite, pot de terre contre pot de fer, de marchander, seuls, leur indemnisation.

On leur donna 0,65 francs par mètre carré de terre en culture.

Au village, il se disait que les choses n'allaient pas pour le mieux dans le clan Miquelet. On ne voyait plus Maria et Mireille bras dessus, bras dessous, comme elles allaient naguère et, à bien la regarder aller et venir, boudeuse et sévère, il était clair que Mireille avait beaucoup perdu en morgue et en effronterie.

Sans doute le torchon brûlait-il à la ferme du Puits du Caillou et beaucoup auraient aimé savoir de quel bois se nourrissait la querelle et qui avait allumé l'incendie.

Ce fut le facteur Latil qui, un jour qu'il se promenait sur ses terres de la Carpénée, renseigna Gasparine :

— Bien sûr qu'il y a de l'embrouille chez ce filou de Pancrace. Alors que je faisais ma tournée dans le quartier, j'ai entendu des cris... Oh pauvre ! Les deux femmes gueulaient là-bas dedans ! Boudiéu ! Pire qu'une meute derrière un blaireau !

Lorsque Violette entendit l'histoire, elle sécha aussitôt ses larmes, un petit sourire satisfait naquit sur ses lèvres et ne les quitta plus.

Le soir descendait sur la ferme du Puits du Caillou. Dans la cuisine, Maria, Maxime et Menfouti regardaient la télévision.

Par l'entrebâillement de la porte de la chambre proche, on entendait Pancrace ronfler. Il dormait mal, il semblait toujours courir après une bouffée d'air qui lui manquait.

Venus du premier étage, se faisaient entendre des claquements de portes, des murmures et des exclamations de mauvaise humeur, autant de bruit et de fureur que si dix personnes s'y disputaient.

Comme Gilbert s'étonnait, Maria dit :

— C'est Mireille.

A la télévision, les informations se terminaient. Maria se leva de sa chaise et, d'un geste sec, elle éteignit le poste, puis, d'un signe de la tête, elle fit signe à Maxime de disparaître au plus vite. Enfin, elle fit face à Gilbert :

— Il faut qu'on parle, lui dit-elle.

Maria reprit lourdement sa place, s'accouda à la table et laissa tomber :

— Ton père va bientôt mourir.

Menfouti reçut la nouvelle sans s'en étonner. Depuis quelques semaines, il était visible que la santé de Pancrace déclinait.

— Le docteur est venu ?

— Pas encore.

Au Caillou comme ailleurs, il était fréquent en ce temps-là encore que le médecin précédât de peu monsieur le curé.

Maria écarta le problème d'un geste de la main, autre chose la tracassait. Elle chercha ses mots avant de dire :

— On dit que tu es fâché avec...

Gilbert l'interrompit :

— On dit ce qu'on veut.

— Tu veux toujours la marier ?

Menfouti se garda bien de répondre.

Maria épiait le visage de son fils, yeux aigus à l'affût du moindre frémissement qui le troublerait. Comme celui-ci restait de marbre, elle n'insista pas et changea de sujet :

— Je m'en vais mettre Mireille à la porte, c'est une voleuse, susurra-t-elle.

Gilbert haussa ses épaules.

— M'en fouti de Mireille, laissa-t-il tomber.

Il était neuf heures passées lorsque Gilbert monta se coucher. Il s'apprêtait à éteindre la lampe lorsque, après trois légers coups donnés à la porte, Mireille entra dans sa chambre. La malheureuse semblait hors d'elle. Elle se planta au pied du lit et commença son discours d'une voix sourde mais ferme, bien décidée à ne pas être interrompue :

— Vois-tu, mon pauvre Gilbert, je m'en suis venue te dire une chose que ta mère ne t'a jamais dite. Ecoute-moi, et tu verras combien elle est méchante, une belle saloperie si tu veux mon avis. Il y a de cela bientôt cinq ans, quand je suis arrivée au Caillou, elle m'a proposé un marché : « Ici, tu gagneras bien ta vie à condition que tu fasses passer à mon fils le goût qu'il a pour une autre. Une pauvre fille... tu sais, la mère des deux goïs. Sois gentille avec lui, couche s'il le veut, et s'il ne veut pas, laisse-le croire quand même à tous ceux du village, histoire de rendre l'autre jalouse, histoire qu'ils se fâchent et que je n'entende plus jamais parler de cette rien du tout. »

Mireille traversa la chambre sans jamais quitter des yeux le malheureux Menfouti. Assis au creux de ses draps, un tricot de corps en guise de pyjama, celui-ci se demandait s'il ne faisait pas un mauvais rêve.

— Si je te dis tout cela, continua Mireille, ce n'est pas pour te faire de la peine, oh pauvre, mais seulement parce qu'il faut bien que je me défende à présent que ta mère dit à tout le monde que je vole les draps de l'armoire et les verres dans le buffet.

Mireille rassembla yeux, nez et bouche dans une grimace abominable :

— J'ai rien volé ! C'est elle qui cache les choses pour pouvoir me le reprocher. A la vérité, c'est elle, la voleuse ! Voilà bien une chose que je ne me gênerai pas d'expliquer au juge, et bien d'autres encore... avec tout le respect que je dois à la justice !

— Comment ça ? s'étonna Menfouti.

— Ah ça ! ta raspiasse de mère voit loin... coquin de sort... elle prépare son coup bien à l'avance, et tout ça pour qu'en fin de compte tout le monde lui donne raison ! Je m'en vais te dire ce qu'elle manigance depuis quelques jours...

Mireille s'assit carrément sur le lit :

— Elle se dit qu'une fois ton père mort et enterré au fond du trou elle n'aura plus besoin de moi pour lui laver les fesses, le soulever, le porter et lessiver les draps et les caleçons deux fois par jour. Elle se dit aussi que s'il y avait de l'embrouille entre nous, elle pourrait me jeter dehors sans avoir à me donner tout ce qu'elle me doit pour m'être brisé l'échine à travailler. Voilà pourquoi elle dit que je suis une voleuse... seulement pour avoir une bonne raison de ne pas me verser tout ce qu'elle me doit depuis que ton père ne me paye plus !

Mireille roulait sa mâchoire inférieure dans tous les sens et se mordait les lèvres.

Connaissant bien sa mère, Gilbert ne s'étonna pas, Mireille disait probablement la vérité. Pressé de se retrouver seul, il répondit :

— Elle te payera, va, j'en fais mon affaire, répondit-il.

Le visage de Mireille s'éclaira :

— Tu es brave, toi, mais j'ai dans l'idée que ce ne sera pas facile... Perqué, tu sais, depuis que ton père ne va pas bien, ta mère a peur de manquer. Vu que c'est lui qui a caché les sous. Pas ceux de la banque, les autres... elle les cherche partout dans la maison, la grange et l'écurie. Vingt fois par jour, elle les lui demande mais il ne se rappelle plus, ou bien, il ne veut pas encore le dire. Il n'y a pas si longtemps de ça, ta mère m'a dit : « J'ai dans l'idée qu'une fois Pancrace mort Gilbert ne m'écoutera plus. Il écoutera l'autre... ils feront vendre la maison et puis ils s'en iront loin loin pour se marier. »

Mireille eut un rire sarcastique :

— Tu te rends compte, vendre une maison pleine de sous !

Ensuite, la rancune et le dépit reprirent le dessus :

— Vé, Gilbert, pour empêcher que tu vendes la maison, j'ai dans l'idée qu'elle serait prête à tout... comme, par exemple, à te laisser épouser la mère des deux goïs même si c'est une tirassado et une sainte-nitouche !

Le lendemain, Menfouti et Claude, le ferronnier, buvaient un verre au Cercle lorsque, par la fenêtre, ils virent passer Mireille.

Claude constata :

— La belle fait encore la gueule.

Menfouti répondit :

— J'ai dans l'idée qu'elle va bientôt faire son bagage et s'en aller de chez nous.

— Ah bon ? Et pourquoi ça ?

Menfouti hésita à répondre, mais Claude était un de ceux qui ne colportent guère. En fait de bruits, il n'aimait entendre que celui de son marteau sur l'enclume. Menfouti se décida enfin, il résuma sa pensée ainsi :

— Perqué, depuis que mon père ne va pas bien, ma mère et Mireille n'en finissent pas de s'engueuler.

— Ah bon et pourquoi ça ?

Menfouti gonfla sa poitrine. Il exhibait un grand sourire.

— Le pourquoi de l'affaire, je ne peux pas te le dire, mais ce que je peux te dire, c'est que je vais bientôt me marier.

— Eh bé ! résuma Claude qui n'avait pas son pareil pour exprimer sobrement sa pensée.

19

Vers la mi-novembre, de gros nuages noirs envahirent si pleinement le ciel de Provence qu'ils semblaient s'y être installés pour toujours. Aussitôt, du Rhône à la frontière italienne, une pluie féroce se mit à tomber.

Une semaine plus tard, l'eau tombait encore, du nord au sud, de l'est à l'ouest. C'était une de ces pluies qui jamais ne s'arrêtent, une pluie épaisse et têtue qui cingle les coteaux, ravine les pentes et déchausse les rochers.

Dans les campagnes, on pataugeait dans les chemins tandis qu'aux villages des torrents furieux dévalaient escaliers et ruelles quand ils ne sautaient pas les seuils des portes pour entrer dans les écuries.

Il pleut depuis sept bons jours.

A l'abri sous son grand parapluie noir, Gasparine s'en va à la rencontre du lac. Croyant avoir à faire une longue marche, elle avance à pas pressés.

Une étendue d'eau, soudain, l'arrête. Gasparine est stupéfaite, le lac est déjà à ses pieds.

Il ne lui a fallu que dix petites minutes pour y arriver.

Gasparine lève le nez et tente d'imaginer ce que doivent être devenus ses paysages familiers. Il n'est pas facile de prévoir où l'eau va s'étaler. Mais, pense-t-elle avec regret, sûrement qu'à présent l'eau doit avoir englouti la petite arche de l'aqueduc de Jasmin. Elle en est toute bouleversée.

Gasparine se penche. L'eau gonfle à vue d'œil, de glissements sournois en vaguelettes plus franches, elle grignote les berges et monte à l'assaut des escarpements rocheux.

— Boudiéu ! A ce train, elle ne va jamais s'arrêter !

Gasparine se remémore l'article de *Nice-Matin* :

« A moins d'un déluge, l'eau ne montera jamais plus haut que... »

Fabrizio le lui avait bien dit :

« Les journaux, ça parle, ça parle, mais ça ne dit jamais la vérité ! »

Mais Gasparine a un autre souci : son mari.

Elle monte sur le versant de la colline voisine afin de pouvoir inspecter toutes les berges des yeux :

« Où est-il allé ? »

En effet, bien qu'il pleuve à seaux, Fabrizio, vaille que vaille, est parti pêcher. Tout en nouant son écharpe rouge à son cou, il a dit à Gasparine :

« Quand il pleut, le poisson mord plus volontiers. De la pluie, il s'en fout, vu qu'il est déjà mouillé. »

Et puis encore, tout content, clignant de l'œil :

« Par ce temps-là, pas de danger de voir venir le garde ! »

Au lieu de se réjouir de cette bonne humeur, Gasparine s'inquiète. Son mari semble perdre peu à peu la raison. Lui d'ordinaire si paisible passe sans cesse du calme à la colère et de la colère au rire des fous.

En outre, bien que le lac grandisse et se rapproche de leur maison chaque jour un peu plus, Fabrizio n'en parle plus. Comme si le lac ne lui faisait plus peur, comme s'il reniait ses anciennes croyances et ses colères passées, comme si le diable l'avait métamorphosé.

Depuis qu'une pauvre femme y est tombée, Gasparine s'inquiète encore plus de savoir son mari vagabondant seul sur les rives de Malpasset. Soit, Fabrizio sait nager, bien à l'aise comme un poisson dans l'eau, soit, il est fait à sable et à chaux, mais il approche de ses soixante-quinze ans. Ses pas ne sont plus si assurés.

Et, comble de malheur, ce matin, il a refusé de prendre son bâton.

« Avec mon parapluie et ma canne à pêche... pour prendre mon bâton, il me faudrait une main de plus ! »

Elle s'inquiète enfin de l'haleine parfumée de thym, d'anis ou de menthe que, chaque soir, Fabrizio ramène avec lui.

Gasparine n'est pas sotte. Elle soupçonne que l'herbe n'est là que pour masquer l'odeur du vin :

« Tu as bu ! » jette-t-elle quand il revient.

Il se met en colère :

« Ah ça, mais dis-moi voir un peu qu'est-ce que je boirais ? Le lac, c'est de l'eau, pas du pastis ! »

Il rigole :

« Ce serait trop beau ! »

Ce jour-là, alors qu'ils sont assis sur une grosse pierre, parapluie dans une main, canne à pêche dans l'autre, Fabrizio sent soudain le monde basculer, l'eau s'est mise à la place du ciel, le ciel a pivoté à ses pieds.

Lorsqu'il reprend conscience, il a perdu sa casquette, sa canne de roseau glisse au fil de l'eau. Toni passe de l'eau sur sa figure :

— Tu m'en as fait une de ces peurs, tron de pas Dieu, qu'est-ce qui s'est passé ?

— Sabi pas, répond Fabrizio, peut-être, j'ai fait un petit penec... *maï, quau tron, de penec*[1] ! Celui-là, je ne l'ai pas vu arriver.

Le 25 novembre au soir, Yves, conducteur d'engins au chantier de l'autoroute, s'accouda au comptoir du bar des Marronniers et dit :

— Les nouvelles du barrage sont mauvaises. Il se dit que, depuis quelque temps déjà, il s'est fait des fuites dans le mur... des fuites encore petites, mais c'est pareil, où le doigt passe aujourd'hui, demain, le bras passera tout entier !

Aussitôt, chacun y alla de ses conseils :

— Il faudrait ouvrir la vanne vite, vite !

Yves s'indignait et protestait vigoureusement :

— Il ne faudrait pas oublier le pont et ses piliers de l'autoroute ! Le béton n'a pas fini de sécher ! Si l'eau s'y déverse, adieu pays, elle emportera tout et il nous faudra tout recommencer ! Pensez un peu... Payer deux fois pour la même chose !

1. « Mais quelle belle sieste ! »

— Eh bé, vous recommencerez, bande de fainéants que vous êtes ! Comme on fait nous autres pauvres quand il grêle... et sans faire caguer le monde par-dessus le marché !

Des fissures étaient effectivement apparues depuis longtemps déjà, non pas sur le mur comme cela se disait, mais dans les rochers bordant la rive droite du barrage. Elles devinrent rapidement de véritables sources, inquiétants prémices contre lesquels, étant donné la rapide montée des eaux, rien ne pouvait être tenté.

La nouvelle fit d'autant plus gaillardement son chemin qu'elle donnait raison à tous ceux qui n'aimaient pas le barrage et l'inquiétude s'amplifia dans l'esprit de tous ceux qui habitaient en aval de Malpasset.

Pour ne rien arranger, la pluie n'en finissait pas de tomber.

On se remit à parler de malédiction. Zé, le berger, répépiait :

— J'avais bien dit qu'il ne fallait pas aller s'y mettre mais personne n'a voulu m'écouter !

De retour de sa partie de pêche, Fabrizio, très excité, dit en riant à Gasparine :

— Tu ne me croiras pas si je te dis qu'à présent le pont des Oures a les pieds dans l'eau. Le lac arrive au mitan de ses jambes... L'eau monte, monte, tu vas voir que, bientôt elle passera par-dessus notre cabanon !

Gasparine se signe et souffle :

— Dieu garde !

Fabrizio rigole encore, il se frotte les mains :

— A présent, je pêche du haut du pont, bien assis sur son parapet. C'est pratique, vé, la ligne descend toute seule, pas besoin de se fatiguer à la lancer !

A peine avalée sa dernière cuillerée de soupe, Fabrizio se couche et s'endort pesamment. Une fatigue étrange semble l'accabler, une lassitude qui, parfois, le rend ronchon, et d'autres fois, curieusement exalté.

Gasparine demande encore :

— Ne prendrais-tu pas du vin en même temps que des poissons ?

— Qué vin ? Dis-moi où j'en trouverais ? Que je sache, au bord du lac, y a pas d'épicier !

Alors, Gasparine pense à une maladie :

— Il faut aller voir le docteur, dit-elle.

Mais Fabrizio est d'une génération qui ne fait appel à la médecine qu'à la dernière extrémité. Il hausse les épaules :

— Ça va bien, vaï, laisse-moi tranquille.

Cette nuit-là, alors que la pluie tombe encore, les yeux grands ouverts, Gasparine se remémore l'article du journal qui parlait d'un improbable déluge.

— Il est bien là, et pourtant personne n'y croyait !

Comme pour donner raison à Zé, le berger, le lundi 30 novembre, une tempête suivie d'un raz de marée gigantesque déferla sur la côte méditerranéenne. La TSF annonçait 490 millimètres d'eau tombée sur le département du Var, dont 120 dans la seule dernière journée.

Des plaisantins disaient :

— Avec ce chavano[1] du tron de Dieu et toute cette eau qui nous cale dessus, c'est pas demain la veille qu'on aura besoin de l'eau du barrage pour arroser !

Sans vouloir parler de malédiction, Malpasset n'en continuait pas moins à être l'objet d'une malchance incontestable qui se manifestait sous forme de perpétuels contretemps tout comme en de déplorables adversités.

Sans revenir sur le procès que lui avait intenté la compagnie propriétaire de la mine de Garrot, pas plus sur les conflits politiques sous-jacents, ni sur les mésententes entre le géologue et l'architecte constructeur, ni sur la rivalité entre le génie rural et les Ponts et Chaussées, ni encore sur les possibles inconvénients inhérents à la construction d'une autoroute à guère plus d'une centaine de mètres de son mur, voilà qu'au plus mauvais moment le barrage subissait les menaces d'un déluge peu commun en Provence et que, pour finir, un autre tracas d'importance allait troubler les derniers jours de Malpasset.

En cette fin d'année 1959 avait commencé l'édification du pont de l'autoroute.

Il n'y a pas de petites revanches. Dès le début des travaux, les Ponts et Chaussées, maître d'œuvre du chantier, avaient exigé du génie rural, maître d'œuvre de Malpasset, la fermeture complète de la vanne de délestage afin que l'eau ne vienne pas troubler la mise en place des échafaudages nécessaires à l'édification des piliers. A la fin du mois d'octobre 1959, le pont

1. Orage.

était terminé, restait à garantir un temps de séchage suffisant à cette énorme masse de béton que soutenaient des coffrages monstrueux.

Ce fut pourquoi, dès le début des pluies, les responsables du barrage de Malpasset se retrouvèrent devant un étrange dilemme :

Soit on ouvrait la vanne et toutes les installations du chantier de l'autoroute recevaient de plein fouet un jaillissement puissant et continu.

Soit la vanne restait fermée et l'eau noyait définitivement ce qui restait de la mine de Garrot et se déversait par-dessus son mur.

Dans la presse, le barrage qu'on ne pouvait pas remplir était devenu le barrage que l'on ne pouvait plus vider.

Le mardi 1er décembre, après quinze jours de déluge, le dilemme s'était résolu de lui-même. La mine de Garrot était noyée et, vanne ouverte ou vanne fermée, rien ne pourrait plus empêcher l'eau de passer par-dessus le déversoir et de mettre à mal les piliers du pont de l'autoroute.

En outre, la rapide montée des eaux rendait impossibles les vérifications prévues au premier remplissage complet du bassin de retenue.

Restait à faire quelque chose pour éviter le drame qui se préparait.

Une réunion eut lieu le lendemain, réunion à l'issue de laquelle l'ouverture de la vanne de délestage fut décidée.

20

Le mardi 1er décembre, le village de Callian semblait désert. Seul, sous son grand parapluie noir, monsieur Poule, le crieur public, criait sous les fenêtres :

— Dimanche prochain, à l'aurore, si le temps le permet, viendra la marchande de poisson avec sa belle morue et ses sardines fraîches. Dimanche encore, mais à quatorze heures cette fois, passera le marchand de chaussures...

Assis autour de la table, Violette et ses enfants déjeunaient :

— Ecoute, dit la mère à la plus jeune, si tu ne bois pas ton lait, monsieur Poule va venir te chercher pour t'emmener chez lui !

Il en fallait plus pour émouvoir Jeanine :

— S'il pleut encore, dit-elle, personne ne viendra dimanche, pas plus le marchand de chaussures que la marchande de sardines !

Violette lui sourit puis elle soupira en regardant, par l'unique fenêtre, l'eau tomber. Huit jours plus tôt, profitant d'une courte éclaircie, elle avait mouillé et savonné quatre paires de draps qui, depuis, attendaient que le beau temps revienne. Elle les avait entassés sur une brouette dans sa courette, à moitié propres, à moitié sales, prêts à bouillir. Elle s'impatientait :

— Vivement que ça cesse ! Par ce temps de chien, comment faire un feu sous une lessiveuse ?

Afin de tromper son attente, le repas fini, elle décida de nettoyer sa maison. C'était une entreprise sans fin que de vouloir mettre de l'ordre dans cet étroit logis. La moitié de ses biens s'entassaient au rez-de-chaussée, dans sa cuisine. D'un côté, une cuisinière à bois serrée contre la vieille cheminée noircie, une cruche ventrue pour aller à la fontaine, un tian comme évier et un seau placé en dessous, pour ramasser l'eau salie ; de l'autre côté, la provision de bûches, un buffet à vaisselle et le lit sur lequel dormait Bruno, qui ne pouvait pas monter les escaliers. Au milieu, enfin, une table et cinq chaises empilées, que l'on ne défaisait qu'à l'heure du déjeuner.

Violette remisait ses provisions à l'étage entre le lit de ses filles et le coffre en bois dans lequel elle rangeait le linge de la famille. Le peu de choses qu'elle possédait encore se trouvaient au plus haut de la maison, dans l'armoire de sa chambre, armoire logée si près du lit qu'elle devait pousser l'un pour pouvoir ouvrir l'autre à demi.

Tout ce tracas importait peu à Violette. Ce jour-là, elle avait le feu au corps, le feu au cœur aussi. Tout en montant et descendant ses escaliers, elle ronchonnait à propos de ménage et de lessive prête à bouillir mais elle savait bien que ce n'étaient pas ces futilités qui la faisaient s'agiter ainsi.

Hier, Menfouti était venu siffler dans sa rue et, cette fois-là enfin, elle avait accepté d'entrouvrir ses volets :

« Va, ne reste pas là, il pleut, avait-elle dit.

— Je sais bien qu'il pleut, vé, je suis trempé comme la soupe ! Mais je resterai là jusqu'à ce que tu me laisses entrer. »

Alors qu'elle mourait du besoin de se réconcilier, Violette, chipie, avait demandé :

« Et pourquoi je te laisserais entrer ?

— Parce que ce que j'ai à te dire ne peut pas attendre. »

Il avait l'air si heureux, si insouciant sous la pluie, qu'elle était descendue lui ouvrir.

A peine Menfouti avait-il mis un pied dans la cuisine que les enfants, prestement descendus de leur chambre, l'avaient accaparé. Le malheureux n'avait pas pu prendre Violette dans ses bras, pas même pour lui annoncer la bonne nouvelle, tant il en était encombré. Dans la clameur et le tohu-bohu, il n'avait disposé que d'un bref instant pour lui chuchoter à l'oreille une phrase à peine murmurée. De tous les mots bredouillés, celle-ci n'en avait entendu que deux : « marier » et « printemps ».

Cela avait suffi à Violette pour que se prépare la plus belle de ses nuits.

21

Dès l'aube du mercredi 2 décembre, un soleil timide monta au-dessus des collines du Tanneron. En fin de matinée, un grand ciel bleu, débarrassé de ses nuages, s'étendait de la mer jusqu'aux montagnes bleues.

Les villageoises, encore frileuses, balayaient boue et branches accumulées sur le devant de leur porte lorsque Violette remonta la rue du Vallat. Elle poussait devant elle sa brouette, une brouette lourdement chargée de linge et prête à chavirer au moindre accident de pavé.

— Tu vas bouillir, ma belle ?

— Eh vouïe !

Suivant leur mère, Viviane portait un gros fagot de bois, et Jeanine le sac des cendres soigneusement conservées.

A dix heures, le lavoir était en fête. Coude à coude, les doigts gourds, les femmes riaient et bavardaient tout en frottant leur linge dans l'eau glacée.

— Allez zou, vite, vite, finissons avant que la pluie revienne.

Nicole leva son nez vers l'est. Elle annonça :

— Le vent de Nice se lève, demain reviendra la pluie !

— Oh pauvre !

Violette avait allumé le feu sous une lessiveuse et s'apprêtait à y verser la cendre petit à petit afin de blanchir son linge comme il le fallait. Elle ne prenait pas part aux bavardages. Elle avait au cœur tant de bonheur que le simple fait d'ouvrir la bouche aurait trahi son espérance, une belle espérance qu'elle ne voulait pas dire, ni même laisser deviner.

A midi, laissant leur linge refroidir, Violette et ses filles remontèrent la rue du Vallat pour aller déjeuner. Preste et souriante, Violette chantonna gaiement tout le temps de la préparation du repas. A voir sa mère si gaie, Jeanine chuchota à Viviane :

— Aujourd'hui, maman est contente... Gilbert est revenu.

Le soleil brillait fort au-dessus de l'Esterel lorsque toutes trois revinrent au lavoir au tout début de l'après-midi.

Violette s'installa près du robinet afin de rincer ses draps dans de l'eau toute neuve, tout juste descendue de la source.

Trois heures sonnaient à l'horloge, les fils d'étendage étaient déjà pleins de linge lorsque Mireille apparut, revêche, un panier à chaque bras et le front têtu. Afin de trouver une place à sa convenance, elle tourna et vira plusieurs fois autour du lavoir. Nul ne prêtait garde à son manège lorsque, soudain, elle se planta derrière Violette, mit ses poings sur ses hanches et brama :

— T'as pas de vergogne de laver les draps de ta fille imbécile dans la même eau que le linge de nous autres !

L'injure frappa Violette au cœur si violemment que la pauvrette, pétrifiée, en resta abasourdie.

— Va donc laver ailleurs si t'es pas contente, lança une femme.

Mireille ne broncha pas. Campée sur ses jambes, elle attendait la riposte de sa rivale, la seule qui l'intéressait. Elle n'eut guère à attendre. Laissant son drap glisser au fil de l'eau, Violette fit brusquement volte-face puis elle lança sa main mouillée en direction de la joue de son attaquante. Mireille, bien plus grande et bien plus forte, esquiva l'assaut d'un bras tandis que, de l'autre, saisissant la malheureuse aux cheveux, elle la secoua comme pour lui arracher la tête du cou.

Les femmes hurlaient toutes en même temps, elles se dressaient, prêtes à intervenir lorsque Viviane, vers qui n'allait pas l'attention, se rapprocha en douce des deux femmes et lança habilement un grand drap mouillé par-dessus la tête de la méchante sorcière qui ennuyait sa maman chérie.

Lorsque le garde accourut enfin, il découvrit, au beau milieu des lavandières amusées, une Mireille hurlante et gesticulante qui tentait encore mais en vain de se défaire du drap mouillé, tiède et savonneux que Viviane, en furie, maintenait entortillé autour d'elle en déployant pour ce faire une force insoupçonnée.

DEUXIÈME PARTIE

LE DRAME

1

Ce mercredi 2 décembre 1959, au lieu-dit Malpasset, sous le soleil couchant, le splendide barrage resplendit.

Il a l'air fier et il tient bon, bien que l'eau soit bien proche du haut de son mur plus rose que jamais.

En aval, à quelques centaines de mètres en dessous, les ouvriers du chantier de l'autoroute s'affairent. L'ordre leur a été donné de dégager tout le matériel, échafaudages, grues, camions et bulldozers, et de renforcer les coffrages qui enserrent les piliers. L'un d'entre eux râle :

— C'est pas sec, si l'eau vient dessus, tout va péter !

Un ordre est un ordre. Ils doivent avoir évacué les engins et le matériel avant six heures du soir. Il leur faut se dépêcher de tout enlever. Dès que la vanne sera ouverte, l'eau du lac jaillira en raz-de-marée, en tempête, furieuse comme une bête trop longtemps emprisonnée !

Quand six heures sonnent, il ne reste plus un camion, plus une machine, plus un outil à proximité du pont, tous les ouvriers ont plié bagage et se sont éloignés.

On ne sait pas pourquoi, mais seul reste un énorme bulldozer en plein milieu du chantier. Peut-être n'a-t-on pas pu l'enlever, peut-être a-t-on perdu sa clé, peut-être a-t-on estimé que, étant donné sa masse énorme, l'eau, même déversée en torrents, ne pourra l'emporter ?

André Ferro, le gardien, est à pied d'œuvre. Il a enfin reçu l'ordre d'ouvrir la vanne. Il est rassuré, cela fait longtemps qu'il l'attendait, ce moment, pour obtenir cette décision il a remué la terre entière. A présent, il se sent mieux.

Il lève le nez vers l'amont, un petit vent d'est s'est levé.

Un hélicoptère passe et repasse au-dessus du chemin de ronde. Il va et vient, brouillant l'eau du lac de ses pales enragées.

André Ferro regarde sa montre. Six heures sont proches.

A cet instant, venu de l'aval, retentit un interminable coup de trompette. C'est le signal attendu.

André Ferro descend à son poste de manœuvre et déclenche la mise en route du système d'ouverture de la vanne. Progressivement, jusqu'à obtenir un débit maximal.

Aussitôt, des trombes d'eau s'échappent de sa gueule et font vibrer le mur, elles filent droit, ignorant le chemin sinueux que le sage ruisseau s'est tracé, elles se cognent au coude de la roche, avant de revenir dans son cours.

L'autoroute est proche, déjà, les premières eaux torrentueuses s'en vont frapper le pont de toute leur force désenchaînée.

Les ouvriers sont montés sur la colline pour mieux voir. Ils se rassurent. Les piliers tiennent bon.

Déjà, la nuit descend sur Malpasset.

Les ouvriers rentrent chez eux, soit à la cité d'en haut, perchée sur la colline proche du barrage, soit à la cité d'en bas située au bord du cours du Reyran, toutes deux sises en aval de Malpasset.

Ils y retrouvent leurs femmes, les doigts rougis par la lessive qu'elles se sont empressées de faire après trois semaines de déluge.

La petite brise du soir agite les draps étendus.

Du ruisseau devenu torrent monte un incroyable chahut.

Les enfants descendent de la camionnette qui les ramène de l'école. Ils s'éparpillent en braillant leur joie. Demain, c'est jeudi, ils pourront jouer à se poursuivre dans les broussailles ou regarder tempêter le Reyran sur lequel ils lanceront de sommaires bateaux et des cailloux en ricochets.

Dans le clair-obscur des cités ouvrières, tout un peuple cosmopolite va et vient, profitant d'un ciel dégagé, d'un ciel où scintillent enfin des étoiles et dans lequel naît un fin croissant de lune. En attendant l'heure de la soupe, les hommes mariés fument une cigarette devant leur porte en se régalant de son fumet.

De temps à autre, ils songent sans plaisir au barrage, à cette menace suspendue au-dessus de leur tête. Mais maintenant que la vanne est ouverte, ils se sentent mieux.

Ils sont fatigués.

Demain est un autre jour.

Bientôt, ils plieront bagage. Ce chantier s'achève. Un autre les appelle. Bientôt, ils s'en iront d'ici.

Un homme rentre chez lui et retrouve ses trois enfants. Sa femme n'est pas là, elle est partie accoucher.

— Demain, dit-il aux trois aînés, nous irons voir votre maman à l'hôpital. Votre petit frère est né.

Un jeune homme décide de s'en aller à Saint-Raphaël voir un film.

Les célibataires choisissent de descendre boire un coup à Fréjus.

L'un d'entre eux dit :

— Si on allait voir les filles ?

Plus loin encore en aval, que ce soit dans leur bastide ou dans leur ferme, les femmes finissent, elles aussi, d'étendre leur lessive. Les hommes achèvent de réparer les dégâts que la pluie a faits à leurs cultures. En passant, ils redressent des morceaux de clôtures malmenées par le déluge.

L'un d'entre eux repère des traces dans la boue. Il se dit :

— Le sanglier est passé. Demain, j'irai chasser.

Plus loin encore, tout le long de la Vallée rose, il en est de même. Les pêchers, régalés de soleil, se sentent prêts à s'assoupir.

Bien qu'ils n'en parlent guère, assis autour de la table ou bien cuisinant aux fourneaux, tous et toutes pensent à Malpasset. Ils se demandent s'ils parviendront à s'endormir.

Les bêtes sommeillent après la traite.

Les femmes couchent leurs enfants, les hommes ferment les écuries.

Demain sera un autre jour.

Ceux qui le peuvent préfèrent s'en aller passer la nuit dans leur famille de Fréjus.

Il y en a même qui emportent avec eux leurs précieux outils.

A Fréjus, par cette belle soirée qui commence, les rues, enfin, ont retrouvé leur habituelle gaieté. L'avenue de Verdun est très animée, les boutiques accueillent les clientes, les voitures n'en finissent pas de klaxonner. Sur les trottoirs, certains s'affairent et se pressent, d'autres baguenaudent, bavardent en regardant le jour finir.

A l'intérieur du bar des Négociants, on joue au babyfoot, on fait une partie de belote ou on parle du prochain match de football, match fratricide, qui opposera Saint-Raphaël à Fréjus.

Tout un bataillon de jeunes soldats de l'infanterie de marine est descendu à la ville boire un coup.

Partout, des voitures vont et viennent sur l'avenue de Verdun qui est aussi un tronçon de la Nationale 7, c'est-à-dire la route des vacances, de la mer et du ciel bleu. Certains s'en vont vers Saint-Aygulf ou vers Saint-Raphaël, d'autres en reviennent, d'autres, enfin, ne font que passer.

Le parking du restaurant routier est déjà plein de camions. En face, la grande flèche blanche de la station-service Ozo n'en finit pas de clignoter.

Comme tous les mercredis, les musiciens de l'orphéon répètent les morceaux qu'ils joueront dimanche après-midi.

Des fiancés se tiennent par la main. Ils se marient très bientôt, ils ont la tête pleine de projets, des projets d'autant plus beaux que la jeune femme, qui a fêté Pâques avant les Rameaux, sent son ventre bouger.

Un groupe de jeunes gens décide d'une soirée au cinéma. Quel film choisir ?

Des parents poussent leurs enfants devant eux :

— Allons, dépêchez-vous !

— Ce soir, à la télévision, il y a « La Piste aux étoiles », dit la mère.

— Et « La Nuit des sports », dit le père.

Les lampes s'allument. Des enfants prennent leur goûter, d'autres encore font leurs devoirs, d'autres enfin joueront sur les trottoirs jusqu'à la nuit tombée.

Tous pensent : demain, c'est jeudi !

Le sort se joue : quelques gamins des campagnes descendent à Fréjus afin de dormir chez leur grand-mère. D'autres font le contraire, ils partent dormir loin de Fréjus.

Tout est paisible, il est huit heures, la nuit, déjà, est tombée.

Ce mercredi 2 décembre est un jour semblable à tous les autres jours de l'année. Mais si l'on ouvrait le crâne de chaque Fréjusien, on trouverait, quelque part dans les circonvolutions de son cerveau, une zone en alerte constante, une zone où la peur clignote en continu.

Il ne se passe pas une heure sans que chacun d'eux songe à Malpasset.

A l'hôpital, une femme de la cité d'en bas, celle qui vient d'accoucher d'un petit garçon, pense à son mari et à ses trois aînés.

Elle s'endort en se réjouissant de les voir bientôt.

Sur le quai de la gare, des femmes et des jeunes filles disent adieu à leur amour que la guerre d'Algérie appelle. Ils s'étreignent et se promettent :

— A bientôt.

Plus tard, d'autres viendront sur le même quai attendre un autre train. Le rapide qui vient de la Riviera ou bien la micheline qui vient de Marseille. C'est rituel, vers la demie de vingt et une heures de chaque jour, les deux convois se croisent aux approches de Saint-Raphaël, celui en provenance de l'ouest et celui de l'Italie.

Ceux qui partent disent à ceux qui restent :

— A bientôt.

Tous pensent à ce qu'ils feront demain.

Demain est un autre jour.

Neuf heures sonnent au clocher de Saint-François-de-Paule.

Pourvu que la nuit soit belle.

Vivement qu'un jour nouveau se lève.

Le brouhaha des rues s'apaise.

Fréjus s'apprête à s'endormir...

2

Il est déjà sept heures et, pourtant, Mireille n'est pas rentrée à la ferme du Puits du Caillou.

Maxime n'est pas là, il est dans la famille de sa jeune fiancée.

Gilbert et Maria mangent leur soupe en silence. Pancrace, lui, a soupé dans son lit, sans un mot, comme un enfant, cuillerée après cuillerée. Cela fait quatre semaines qu'il ne se lève plus, qu'il refuse qu'on le porte à sa chaise.

Maria dit :

— Il est bientôt fini.

Une voisine frappe au carreau alors que Maria empile les deux assiettes vides.

Gilbert ouvre la fenêtre. La voisine parle sans qu'on l'en prie, ses yeux roulent de droite à gauche, ils pétillent d'un plaisir suspect :

— C'est pas Dieu possible ! Vous ne savez pas ? Vé, tout à l'heure, au lavoir, il s'en est passé de belles !

La voisine explique toute l'affaire. Elle se régale de l'aventure, toute fière d'être la première à la raconter.

A l'en croire, Mireille a failli mourir étouffée sous l'assaut conjugué de Viviane et de Violette.

Gilbert ne dit mot mais il serre ses doigts autour de son verre. Maria laisse tomber :

— Eh bé, té, bien fait !

Maria demande enfin :

— Et à présent, où est Mireille ?

— Ma foi... je ne sais pas. L'affaire finie, je l'ai vue remonter sur son Solex et puis elle a filé.

La voisine, enfin, se lasse de conter et de raconter l'aventure. Dès qu'elle disparaît, Gilbert descend au village sans prendre garde à sa mère qui s'insurge. Depuis que son père est hors de combat, il sent pousser dans son dos les ailes de la liberté.

Il ne s'inquiète pas trop pour Violette, il sait que la voisine exagère toujours.

Il fait déjà nuit noire. Si des feux brillent derrière les carreaux, s'il y a foule au café des Marronniers, personne ne traîne dans les rues. Nul ne voit passer Menfouti qui, phare éteint, laisse sa moto glisser dans la Grand-Rue. Il s'arrête enfin et va cogner doucement à la porte de Violette. Celle-ci ouvre ses volets.

— On dit que t'en as fait de belles ?

Le rire léger de Violette s'élève.

— Oh pauvre ! Quelle peau de rire !

— Va bèn ?

Elle rit encore :

— Va bèn !

— Les enfants dorment ?

— Penses-tu, ils sont allés voir « La Piste aux étoiles » chez Panichi.

— Alors viens.

— Quoi donc ?

— Viens, je t'emmène !

— Il va pleuvoir peut-être !

— M'en fouti, viens !

— Il y a de la boue dans les chemins, insiste encore Violette.

— Viens.

Le ton est grave, alors Violette cède.

Huit heures sonnent lorsque les deux amants traversent bruyamment la plaine endormie.

3

En 1959, à Callian comme ailleurs, les postes de radio et de télévision ont remplacé les veillées d'autrefois. Les veillées d'hiver, près de la cheminée, et celles d'été sur les seuils des maisons encore chaudes du soleil de midi.

Le poste de radio — la TSF comme on l'appelle — est un meuble sacré que l'on recouvre d'un tissu épais pour le protéger. C'est un instrument magique que, bien souvent, seul le père a le droit d'allumer. De retour de sa journée de travail, il ôte précautionneusement la protection de coton, tourne le bouton de bakélite de deux doigts exercés, enfin, l'oreille proche, il fait taire femme et enfants pour écouter les informations du jour en paix.

Le reste de la famille ne s'approche que lorsque s'annoncent des émissions fameuses comme « La Famille Duraton » ou « Le Jeu des mille francs ».

A Callian, il n'existe que trois postes de télévision. Un au café des Marronniers, un autre chez les Miquelet et le dernier chez Fidelmine Panichi. Fidelmine est veuf, il aime être entouré d'amis.

Aux Marronniers, on s'entasse comme on peut dans la petite salle mais il faut payer sa consommation.

Chez les Miquelet, il n'y a que les Miquelet. Certains disent :

— Pancrace a peur que son poste s'use rien qu'à le regarder.

En revanche, tant qu'il y a de la place dans la grande cuisine, on est les bienvenus chez Fidelmine Panichi. Il y a des chaises partout, on se croirait au cinéma du café de Montauroux. Après avoir salué le maître de maison, chacun s'installe selon un protocole bien connu : les enfants assis par terre, ensuite les anciens et, derrière, les jeunes et les moins vieux. Les retardataires doivent rester debout ou assis sur la chaise qu'ils ont amenée avec eux.

Pour se reconnaître, de temps à autre, on apporte une bouteille de vin d'orange, un plat de ganses, des bonbons pour les enfants ou un paquet de café.

Ce mercredi 2 décembre à huit heures, plus personne ne traîne dans les rues. Les uns sont déjà couchés, les autres écoutent la TSF. Au café des Marronniers, la salle est déjà remplie de bruit et de fumée.

La cuisine de Fidelmine est pleine comme un œuf. Quelques-uns sont descendus de leurs collines, lampe à la main, pour le seul plaisir de regarder « La Piste aux étoiles ». Zé, le berger, dit volontiers :

— Des acrobates et des magiciens, il en vient parfois par ici les jours de foire, mais des comme ceux de dedans le poste, jamais !

Ce mercredi 2 décembre, vers quinze heures, Fabrizio chausse ses bottes avec beaucoup de peine. Le simple fait de se baisser vers ses pieds lui arrache des cris d'orfraie. En revenant de promener ses quatre chèvres, Gasparine l'interpelle :

— Où vas-tu ?

Fabrizio ne répond pas. Fabrizio n'en peut plus, il veut aller faire un tour. Il veut aller boire un coup.

Cela fait trois jours qu'il n'a pas mis un pied dehors, trois jours que Louis, le facteur, n'est pas venu le saluer ni lui apporter les dernières nouvelles, trois jours que, hébété sur sa chaise, il écoute l'eau tomber.

Cela fait, surtout, trois jours qu'il n'a pas bu une goutte, alors, bien sûr, ses anciennes peurs sont revenues.

Cela fait trois jours qu'il l'imagine, l'eau courant et dévorant le vallon des Oures.

Bousculant Gasparine qui s'interpose, Fabrizio s'enfuit.

Il ne pleut pourtant plus mais, partout, l'eau encore ruisselle. Elle ravine les versants, déterre les racines et fait rouler les cailloux.

Fabrizio n'est pas arrivé à la moitié du vallon des Oures que, déjà, l'eau l'arrête. Pas une eau morte et tranquille mais une eau qui monte, qui ronge, qui sape et qui fait s'écrouler des pans entiers de rochers.

Le pont des Oures est bien là où il le cherchait. Hélas, à présent, le lac est bien proche du haut de son tablier. La maison cantonnière est mouillée jusqu'au mitan de ses murs.

En se retournant, Fabrizio aperçoit alors son cabanon fièrement dressé un peu plus loin, à portée de main, à un jet de caillou.

Si l'eau monte encore un peu, elle rongera son assise, sa maison basculera cul par-dessus tête et tout sera fini.

Fabrizio se remémore toute la peine qu'il a eue, pierre après pierre, à la construire.

Il s'y voyait mourir tranquille.

C'était bien la peine...

Les larmes de Fabrizio se tarissent lorsque, enfin, Toni arrive :

— Eh bé, vaï, t'as bien fait de venir ! Boudiéu, j'ai la gorge sèche... je boirais bien un coup.

Ils s'installent au plus haut du versant. A gauche comme à droite, l'Estérel moutonne à plein flot de ses vallons et de ses collines. Le soleil couchant réchauffe leur dos, la nuit s'annonce belle.

Fabrizio ne peut pas s'empêcher de désigner du doigt l'endroit où se trouve sa maison de jadis, celle de la Carpénée. Il dit :

— C'est dans cette maison que j'aurais aimé finir ma vie. Vois un peu comme elle était belle !

Il n'en parle plus qu'au passé depuis que Pancrace la lui a volée.

Conciliant, Toni répond :

— Sûr qu'elle était belle et bien placée...

Puis Toni explique qu'il n'est pas descendu dormir chez lui depuis quatre jours. Il a trouvé refuge dans une baraque abandonnée de la mine de Garrot.

Il en revient encore à sa grande peur :

— Avec toute cette eau qui nous cale dessus, le barrage va bientôt péter. J'ai pas envie de me retrouver dans la Méditerranée.

Puis il fait admirer les bouteilles qu'il a apportées :

— Chaque matin, je descends à Fréjus. En premier, je m'en vais voir ma pauvre mère, ensuite, je vais chercher le vin à la coopérative, et pour finir, je reviens ici avec le vin sur le dos.

Il marque un temps, le temps de la tristesse :

— Ma pauvre mère ne veut pas partir de sa maison, la pauvre femme passe tout son temps à dire des prières et à pleurer.

Les heures passent, les deux hommes n'en finissent pas de discourir de la pluie et des dégâts qu'elle a faits.

— Sur le bord de mer, la tempête a tout emporté !

Toni tient bien le vin. Fabrizio, lui, déjà bégaie :

— Regarde voir... de-de... demain, le cabanon se-se... sera noyé...

L'hiver, la nuit descend vite. Il est sept heures :

— Si on allait pêcher ? demande Toni qui n'a plus rien à dire.

— Sur le pont ?

— Bé, vouïe. Avec les bottes, on peut y aller.

Les deux hommes s'installent sur le pont des Oures. L'eau baigne leurs pieds.

Menfouti et Violette avancent au travers du maquis boueux. Ils se tiennent par la main. Le ciel est plein d'étoiles. L'instant est merveilleux. Ils n'ont jamais été si totalement heureux. Leur vie commence. L'instant d'avant, Menfouti a dit :

— Nous nous marierons au mois de mai.

Violette, alors, a fait des projets :

— Gasparine fera ma robe de mariée !

— Les enfants seront contents, a dit Menfouti.

Lorsqu'ils arrivent sur la colline qui domine le vallon de Jasmin, Menfouti avoue à Violette :

— Tu avais raison, la maison des cantonniers a les pieds dans l'eau !

— Les rêves disent toujours la vérité !

Après avoir laissé la moto au bord du chemin dévasté par la pluie, ils s'en vont à travers le maquis en direction de la cabane de Menfouti. De sa main gauche, celui-ci tient une torche électrique, de l'autre, il enserre la taille de Violette pour mieux la protéger des épines.

Ils y arrivent vers huit heures et demie. Menfouti éclaire les environs du faisceau de sa lampe. Il n'en croit pas ses yeux. Durant ces dernières semaines, l'eau a si fort monté à l'assaut des collines qu'on peut la voir, aujourd'hui, arriver à dix mètres en dessous de la cabane qu'il a construite.

Pour ne pas inquiéter Violette, il ne s'étonne pas.

— Entre et vois notre maison, dit-il seulement. Ensuite, nous irons rendre visite à Gasparine.

Baissant la tête, Violette se faufile par l'ouverture voilée d'un rideau de coutil. Menfouti la suit, il est anxieux. En apercevant un bouquet de roses de Noël placé sur les quatre planches du lit, Violette rit comme elle aurait ri de tout et de n'importe quoi tant ce mercredi 2 décembre lui semble le plus beau jour de sa vie.

Elle pirouette, ravie. Menfouti la happe et l'étreint.

Violette et Menfouti font l'amour comme au premier jour.

Au sortir de la maison de leurs parents, Yvonne et Yves, jeunes mariés, montent dans leur voiture.

— Adéssias, maman, dit Yvonne.

Il est huit heures et demie du soir.

Ils s'en vont passer la nuit chez eux, à Saint-Aygulf. Ils sont jeunes, amoureux et pressés de se retrouver seuls. Yves prend la direction de Bagnols-en-Forêt, peu après, la voiture file sur la route qui descend à Fréjus.

4

Il est 21 h 12.
Une belle nuit s'étend sur Malpasset.

Cela commence par un grondement sourd mais puissant. Une sorte de frisson à la fois si violent, si profond et si obscur qu'il ne ressemble à rien de connu.

On pourrait imaginer cent bombardiers traversant le ciel étoilé.

Le sol et l'air vibrent encore lorsque retentit la formidable déflagration.

Une déflagration dont le souffle semblable à mille typhons se projette vers les collines, arrachant du sol pierres, taillis et oiseaux endormis.

Ce même souffle atteint un pylône de l'EDF. Les villages en amont sont aussitôt plongés dans la nuit.

En aval, tous ceux qui ont — cent fois déjà — tenté d'imaginer ce que serait le fracas du désastre comprennent à l'instant que Malpasset a cassé. Sans même regarder derrière eux, ils prennent leurs enfants dans leurs bras et se précipitent vers les sommets des collines, ils courent à perdre haleine, ils tombent parfois puis se relèvent et courent encore. Chacun de leurs pas les éloigne du plus effroyable de tous les cauchemars de leurs nuits. Les plus vieux et les plus vieilles grimpent à l'aveuglette, malgré leur cœur qui flanche, malgré les pierres qui blessent leurs pieds nus.

Déjà, le barrage à demi éventré laisse échapper de sa carcasse blessée l'eau qu'il maintenait prisonnière de son mur. Aussitôt, de sa plaie, une effroyable vague se déverse et s'écrase sur le premier retour de la colline.

Elle projette vers le ciel ses franges de fureur tandis qu'à l'arrière, ce qui restait du grand mur, à son tour, cède, libérant une deuxième vague plus énorme encore que la première.

Des blocs gigantesques de béton rose roulent un instant dans ses trombes puis, trop lourds, ils se détachent et s'enferrent à demi.

Très vite, les deux vagues se rejoignent presque et déferlent, géantes, violentes et dures comme de l'acier.

Le pont les reçoit en plein milieu de ses jambes enrobées de coffrages. Il se brise, s'écroule et s'éparpille, entraînant à sa suite le long ruban de l'autoroute.

Les vagues n'en font plus qu'une lorsqu'elles atteignent les premières habitations. Aveugles, elles ne les voient pas et les emportent toutes et, avec elles, comme fétus de paille, elles emportent enfants, femmes et hommes de la cité d'en haut, enfants, femmes et hommes de la cité d'en bas et puis encore enfants, femmes et hommes de toutes les fermes et de tous les cabanons qu'elles trouvent sur leur route.

A chaque repli de la vallée, les vagues se cognent et rebondissent.

Heureux les quelques-uns qui sont parvenus sur les collines. Ils passeront de longues heures à moitié nus dans le noir et le froid de la nuit.

Heureux celui qui, surpris par les hennissements de son cheval, a pressenti le désastre et s'est enfui.

Malheureux tous ceux que la vague violente, immense, inouïe, surprend ou rattrape, malmène, déchiquette et fait mourir.

Malheureux ceux qu'elle garde dans ses remous.

Malheureux ceux qu'elle enfouit.

Peut-être, bien plus tard, retrouvera-t-on quelques-uns de leurs membres labourés dans la mer, quelques-uns de ces corps déchirés dans la boue.

Tous les autres ont disparu. Aujourd'hui encore, ils y sont là où la vague les a ensevelis.

Il est 21 h 17.

La gigantesque vague d'eau claire n'est plus qu'une odieuse trombe de boue ocre, une colossale, constante, haute et profonde coulée rougeâtre qui déferle en charriant troncs, poutres, voitures, parpaings et madriers qu'elle vole partout où il y a de la vie.

Un désastre qui n'en finit plus.

Le chemin est encore long jusqu'à la mer tranquille.

Aveugle, méchante, la trombe continue son carnage.

Dans la campagne, elle déracine les arbres et cogne les murs.

Sur la route qui longe la vallée, elle glisse et accélère, tandis que la campagne la ralentit.

Elle a désormais la forme et la précision d'une flèche qui file vers son but.

Sa pointe court après les voitures, les rattrape et les avale dans ses remous.

Un homme flotte sur un tapis de canisse, sa femme s'agrippe aux branches d'un arbre.

Le tumulte étouffe leurs cris, l'eau noie leurs larmes.

Bientôt, dans leur bouche et dans leurs oreilles, il n'y aura plus que fange et vacarme.

Un chien hurle.

Hommes, femmes, enfants, fermes, cabanons, granges et baraques ne sont plus que des brindilles dérisoires, déchets de vie que ses tentacules roulent, rejettent, reprennent et laissent parfois profondément enterrés sur ses bords, tout au long de son sinistre périple.

La monstrueuse vague descend encore, tel un fleuve déchaîné, telle une coulée de lave rouge. Tout ce qu'elle perd en vitesse en arrivant dans la Vallée rose, elle le gagne en importance jusqu'à prendre, par moments, quatre kilomètres d'envergure.

Elle court toujours, charriant dans ses tourbillons femmes, hommes, enfants, débris de maisons, bêtes, arbres, épaves de voitures.

Il fait noir, il fait froid, il fait nuit.

S'il faisait jour, on pourrait voir des silhouettes agrippées aux branches les plus hautes des arbres, d'autres encore allongées sur des planches, d'autres à cheval sur les toits de tuiles.

De loin en loin, fermes, maisons, étables volent en éclats.

En un instant, la Vallée rose n'est plus qu'un sinistre lac.

La vague arrache deux enfants à leur lit et les écrase contre le mur d'une grange.

Un coup de feu retentit. Quelqu'un a préféré la balle de son fusil à la boue hérissée de débris qui le menace.

Des appels de détresse s'élèvent puis se perdent dans la nuit.

Plus loin, sur une autre colline, d'autres malheureux tentent d'allumer un feu, le froid les a transis.

21 h 34.

La vague est passée, semant le drame.

Elle est en vue de Fréjus.

Elle emporte le transformateur EDF, la ville et ses faubourgs sont plongés dans la nuit.

5

Lorsqu'à Fréjus la lumière s'éteint, quelques-uns comprennent immédiatement que le barrage de Malpasset a cédé. Mais pas ceux qui dorment, ni les enfants dans leur berceau, ni les vieux dans leur lit.

Pas plus les familles tout entières qui regardent « La Piste aux étoiles », ni ceux qui se promènent dans la rue.

Beaucoup, trop, croient avoir affaire à une simple panne.

Ceux-là perdent un temps précieux à s'éclairer d'une bougie.

D'autres ouvrent leur fenêtre afin de sonder la nuit.

21 h 40.

La vague déferle sur Fréjus ouest. Bien qu'elle se soit encore alourdie en terre, en débris, en arbres, en morceaux d'hommes et de bêtes arrachés à leurs ruines, bien qu'elle ait parcouru toute la vallée, elle est encore haute de trois étages.

Et puis aussi si longue qu'elle n'en finit plus.

La rue de Verdun la reçoit de plein fouet tandis que la butte des arènes la freine et la détourne, gardant en échange un plein lot de carcasses de voitures.

L'eau entre par les portes, enserre femmes et enfants dans ses tourbillons puis les emporte par les fenêtres qu'elle fracasse à grand bruit.

Elle soulève un camion de déménagement et le projette contre un mur.

Déjà, la gare est emportée ainsi que la coopérative, la station d'essence et le restaurant routier.

Et puis aussi, la cité ouvrière et l'usine Sabagh.

La micheline de Marseille gît bien au-delà de l'enchevêtrement de ses rails.

Ici ou là, cyprès ou clôtures retiennent des corps pitoyables.

Ils sont à demi nus parce qu'ils ont été arrachés à leur lit.

La vague file dans les rues et grimpe le long des murs de la place Agricola.

Elle en surprend plus d'un, court après les autres et les rattrape.

Que faire ? Où aller ? L'horreur s'étend à gauche comme à droite.

Cela prend un temps infini d'emporter à sa suite tous ceux que l'on aime et d'alerter les pauvres autres, même si on ne les aime pas beaucoup.

Trop souvent, la vague sauvage avale goulûment les chiens et les chats dans leur fuite hagarde.

S'il faisait jour, on pourrait voir passer des malheureux accrochés aux épaves.

On n'entend que leurs cris.

A présent, la coulée de boue ne frappe plus mais elle submerge, elle inonde, elle défonce les portes et part à l'assaut des étages.

Elle s'est teintée du carmin des milliers d'hectolitres de vin de la coopérative.

Elle est devenue si lourde qu'elle enterre aussitôt, rien ne surnage.

Des madriers se cognent aux murs qu'ils trouvent sur leur passage.

Des hommes s'arc-boutent contre les portes tandis que les volets éclatent.

Ceux qui le peuvent grimpent des escaliers, des échelles, ouvrent des trappes.

Les plus agiles passent par les fenêtres pour se réfugier sur les toits.

Une fillette hisse ses petits frères en haut d'une armoire.

Tout est sombre, il fait froid, c'est la nuit.

Des toits s'écroulent à la suite de plaies faites aux façades.

On entend naître des plaintes, des pleurs et des râles, puis on ne les entend plus.

Comme des radeaux, de longs madriers passent.

Des doigts s'y agrippent, un à un les doigts lâchent.

Un lit vide flotte sur les eaux noires.

Un père tente de maintenir son enfant contre lui.

La vague arrive et les sépare.

On les retrouvera tous deux dans le sable de la plage de Fréjus.

Parce qu'elle est chargée de trop de terre et de ruines, à présent, la vague épuisée s'étale et ralentit.

Néanmoins, un dernier remous arrache un enfant des bras de sa mère. La malheureuse ne se remettra jamais de cette tragédie.

Fréjus ouest n'est plus qu'un lac de boue rouge duquel dépassent des épaves pathétiques.

Cependant, la vague sournoise glisse encore vers le camp d'aviation, roule et malmène quelques avions puis elle s'en va jusqu'à la mer rejeter son trop-plein de cadavres et de débris.

S'il faisait jour, on pourrait voir les eaux du golfe se teinter peu à peu de noir et de bistre.

Le tocsin retentit à 22 h 15.

Partout où reste une étincelle de vie, on se débat en silence, on gémit.

Ici ou là, des gestes héroïques vont de ceux qui vivent encore vers ceux que la boue paralyse.

Des vallons de Malpasset à la Vallée rose, hélas, il n'en est pas de même. Là, la vague puissante a pris la vie d'un seul coup.

Des douces collines d'Estérel jusqu'à Fréjus la belle, toute une région de splendeur et de soleil agonise.

6

Fabrizio et Toni se sont assis sur le parapet du pont des Oures. La nuit est tombée.

Ils pêchent ou font semblant de pêcher. Leurs lignes trempent dans l'eau mais ils ne voient pas les bouchons flotter.

Toni raconte sa vie. Il l'a commencée en parlant de sa mère, de sa pauvre mère qui refuse de quitter sa maison, puis il a remonté jusqu'à son enfance pour revenir à aujourd'hui.

Est-ce bien sa vraie vie qu'il raconte ? Peu importe, celle qu'il raconte, il la ressent bien, il y prend du plaisir.

Mais Fabrizio a sommeil. Pour ne pas sombrer et basculer dans l'eau, il prend la parole de force et s'en va demander à sa mémoire à quoi ressemblait le petit garçon italien qui, un beau jour, a dû quitter sa maison et son pays.

Mais les idées de Fabrizio ne sont pas très claires. Il s'emmêle et bafouille.

— Fan des pieds ! Il est déjà neuf heures. Allez zou, on va se coucher, dit Toni.

— L'eau monte encore, dit Fabrizio qui titube autant d'ivresse que de fatigue. Demain, peut-être, Gasparine et moi, nous aurons les pieds dans l'eau. Peut-être bien que demain, tout sera fini.

Ils ont rangé leurs affaires de pêche, ils sont prêts à partir.

— S'il pleut encore demain, le barrage va péter, répète inlassablement Toni.

A peine a-t-il fini sa phrase que l'écho fantastique de cent coups de canon résonne de vallon en vallon. Les collines tremblent, les tourterelles s'enfuient de leur nid.

Fabrizio et Toni se pétrifient. Dans l'attente d'une explication plausible, leurs doigts enserrent les pierres du parapet. Ils regardent vers le lointain, mais l'obscurité règne et ils sont à plus de quatre kilomètres de Malpasset.

Un grondement étrange remonte la vallée pour arriver jusqu'à eux.

— Vé, vé, l'eau file, crie soudain Fabrizio.

Ils n'ont pas le temps de comprendre. Tarabusté par les eaux en furie, le vieux pont frémit sourdement, puis s'affaisse d'un seul coup.

Sans doute la terreur aura-t-elle fait cesser les battements de leur vieux cœur avant que l'eau froide ne les fasse mourir.

Violette et Menfouti sont encore dans les bras l'un de l'autre lorsqu'un tremblement terrible fracasse l'air en même temps que retentissent cent coups de tonnerre éclatés d'un seul coup.

Ils s'immobilisent, Violette se pelotonne plus encore contre la poitrine de Menfouti. Elle gémit.

— T'en fais pas, c'est l'orage, dit celui-ci. Allez zou ! Allons voir Gasparine.

Ils sortent de la cabane et marquent un temps d'arrêt sur le seuil. Ce n'est pas l'orage puisqu'un croissant de lune resplendit juste devant eux. Cependant, l'air vibre, frissonne, un vrombissement sourd plane au-dessus des collines.

Menfouti garde l'air détaché et détendu mais, en vérité, il ne veut pas croire à ce qu'il pense avoir compris. Il regarde autour de lui et, soudain, il se fige. La nuit est obscure mais il lui semble bien que le mur rose a disparu. Il le voyait nettement trancher le sombre du vallon de sa clarté rose, le soir, lorsqu'il venait travailler à cet endroit avec Maxime.

Menfouti a beau agrandir ses yeux pour mieux voir. A la place de Malpasset, il n'y a plus qu'un espace obscur.

Le nez en l'air, Violette cherche à comprendre. Menfouti se fait tendre :

— Dépêchons-nous de filer avant que l'envie de toi me reprenne ! dit-il.

Violette ne l'entend pas :

— Ecoute ce bruit...

Un bruit qui ne ressemble à rien de connu. Comment imaginer l'enfer d'une cataracte ajouté au rugissement d'une tempête quand on ne connaît que le bruissement du ruisseau et les grondements des bouffées de vent dans la nuit ? !

— Le barrage a cassé ! dit enfin Menfouti.

Les deux amants se taisent.

Ils laissent passer quelques minutes. Ils ne parviennent pas à se représenter le superbe mur éventré, pas plus qu'ils ne l'imaginent tombé à terre, pas plus...

— Viens, lance soudain Menfouti.

Il ne leur faut descendre que de quelques pas pour arriver au bord du lac.

L'eau n'est pas étale, elle a un sens, elle bouge et se creuse, elle fuit. Tel un fleuve, un torrent déchaîné, elle a un cours violent et s'élance follement vers le barrage...

Le barrage qui n'est plus !

— Nom de Dieu ! jette Menfouti.

Violette tremble convulsivement.

Que le barrage casse un jour, ils y avaient pensé, comme tout le monde. Mais sans jamais aller plus loin, sans jamais être capables d'en imaginer avec précision tous les effets.

Leur mémoire n'a pas d'exemple, elle n'a rien retenu de comparable. Nulle imagination au monde n'est capable de décrire, a priori, l'apocalypse.

— Viens, dit une nouvelle fois Menfouti.

Laissant de côté la vision qui l'obsède, il tente d'éloigner Violette du bord du lac. Mais celle-ci résiste. Menfouti tente alors de la rassurer.

— T'en fais pas.

Il décrit alors les millions de mètres cubes d'eau de ce lac immense évitant les hameaux et les cités ouvrières puis s'éparpillant lentement à travers des vallons déserts et vers une grande plaine qui, aussitôt, les absorbera tous. Il se ment à lui-même, il se débat et refuse de croire à la probable atrocité de ce qui se passe à cinq cents mètres en aval du mur.

Même s'ils se laissaient aller à se figurer plus précisément les conséquences du drame, ils seraient bien loin du compte. A cet instant, personne au monde ne peut se faire une idée réelle de l'horreur que vivent ceux de la vallée et ceux de Fréjus.

Soudain, Violette tend la main vers ses pieds, vers l'eau pressée qui se creuse, déferle, cavale :

— Là, là !

Un corps d'homme glisse, s'enfonce et remonte au gré du courant fou.

Un autre le suit.

Celui-ci n'a plus de manteau ni de veste, il n'a plus que son bleu de travail et son écharpe de laine rouge nouée autour du cou.

Elle hurle :

— Fabrizio !

Il est neuf heures. Pancrace dort. Il respire péniblement, la bouche ouverte.

Maria regarde la télévision. Pour mieux voir, elle s'est assise à un mètre à peine du récepteur. Le clown Zavatta a beau se démener, elle garde la lippe mauvaise, elle pense à Mireille qui n'est pas revenue. Qui, demain, l'aidera à s'occuper de Pancrace, à le changer de linge et de draps, à lui faire sa toilette ? Qui, demain, nourrira les bêtes et nettoiera la soue des cochons ?

— Bé, elle reviendra bien quand même...

Son regard devient sévère, elle pointe l'index vers le sol plusieurs fois :

— ... et moi j'attendrai !

La lumière s'éteint d'un seul coup.

Maria jure grossièrement puis elle s'en va donner quatre vigoureux coups de poing sur le poste en maugréant :

— Tout ce qui est électrique, il faut taper dessus !

Comme l'écran demeure sombre, elle se dirige vers la chambre à coucher puis, soudain, elle fait demi-tour et va vers la porte d'entrée.

Elle doit profiter du fait qu'elle est seule au logis pour mettre la main sur l'argent que Pancrace doit avoir caché quelque part aux alentours. Et même si Pancrace a sombré dans l'agonie sans lui révéler où se trouve son trésor, le trésor existe, elle en est sûre.

— Je m'en vais défaire quelques pierres du petit mur...

Cela fait un bon moment qu'elle en a eu l'idée. Pancrace n'arrêtait pas de rôder à cet endroit. Il s'y asseyait, en caressait les pierres et le tenait toujours propre de ses ronciers.

Il y a longtemps que Maria veut aller y voir, mais la pluie l'en a empêchée.

Pour se donner du courage, elle se dit :

« Il faut que je le fasse avant que Mireille revienne pour m'espionner. »

Elle allume une lampe et s'en va chercher un levier et une pioche dans la remise. Enfin, elle se dirige vers un court muret sur lequel pousse un figuier aux branches longues et tordues comme des serpents exotiques.

D'une main, elle tâte quelques pierres au hasard. L'argent est là, elle en mettrait sa main au feu.

Maria procède avec méthode. Elle descelle les pierres une à une puis passe longuement sa main dans le creux.

Elle met tant d'ardeur à sa tâche qu'elle n'entend pas le bruit d'un vélomoteur enfler sur la route.

A Callian, l'horloge de la tour vient de sonner neuf heures.

On peut entendre une mouche voler dans la cuisine de Fidelmine Panichi lorsque, sous un roulement de tambour, le célèbre Zavatta entre en scène. Une clameur l'accueille. Lorsqu'il salue le public, les enfants de chez Fidelmine s'exclament et battent des mains tout comme s'ils étaient réellement devant lui.

Après deux ou trois farces et quelques plaisanteries, Zavatta s'apprête à faire un saut périlleux au-dessus de ses compères roulés en boule lorsque le poste, soudain, s'éteint.

Qu'elles soient grandes ou petites, toutes les poitrines laissent s'échapper un « oh » de dépit.

— Encore une panne, hurle Henri, mais, vé, t'en fais pas, Fidel, ils n'oublieront quand même pas de t'envoyer la facture !

Chacun y va de sa mauvaise humeur.

Fidelmine allume des bougies :

— Ça va revenir, Boudiéu ! bougonne-t-il. Gueulez pas comme ça, vous allez réveiller le petit !

De bon ou de mauvais gré, braillant ou maugréant, tous attendent dans le brouhaha que la télévision se rallume.

Cinq minutes plus tard, Gérard le boucher n'en peut plus.

— Té, je m'en vais me coucher.

Il s'en va, suivi de quelques autres.

Bruno, Viviane et Jeanine préfèrent attendre encore un peu.

Fidelmine propose à ceux qui restent :

— Qui veut un peu de café ?

Lorsque Yves et Yvonne arrivent au niveau de la gare de Fréjus, il est exactement 21 h 32.

Deux trains sont annoncés, la micheline dans un sens, le rapide dans l'autre. Le passage à niveau restera fermé un bon moment. Yves, immédiatement, s'impatiente.

— En galère ! Je m'en vais faire le tour par le petit pont, dit-il à sa femme.

— Tu as raison, j'ai hâte d'être au lit, renchérit celle-ci.

Yves sourit, l'œil coquin, puis il manœuvre aussitôt pour reprendre la nationale 7. Les ronflements du moteur de leur voiture ne leur permettent pas d'entendre arriver la vague assassine.

Ils font le détour, passent sous la voie ferrée, puis ils filent vers Saint-Aygulf.

— Y a plus de lumières, dit Yvonne.

— Bé, c'est encore une panne, répond Yves.

Ils rient, ils se caressent mutuellement les genoux sans se douter un seul instant que leur impatience amoureuse vient de leur sauver la vie.

Chez Gasparine, il n'y a pas l'électricité.

Penchée vers sa lampe à huile, Gasparine tricote des chaussettes. Comme chaque soir, elle attend son mari. Autour d'elle, le silence règne, un silence absolu.

Cependant, elle se penche et tend l'oreille vers la porte pour mieux l'entendre revenir.

De temps à autre, son regard va vers la pendule. Neuf heures ont sonné depuis trois minutes.

Gasparine soupire. A force d'escapades au clair de lune, Fabrizio la fera mourir.

Elle reprend ses aiguilles et lance trois fois la laine...

Brusquement, une idée la fait bondir.

Il ne sera pas dit qu'elle est restée au chaud sans rien faire...

Elle court enfiler sa grosse veste de drap, puis, d'un geste machinal, elle tend la main vers le mur contre lequel, d'ordinaire, sont accrochés deux fanaux. Ils y sont, comme d'habitude :

— Ah mon Dieu ! Fabrizio n'a pas pris de lumière... !

A ce moment précis, mille tonnerres éclatent dans le lointain et font trembler les murs.

Elle ouvre sa porte et scrute longuement le ciel. Elle n'y devine point d'éclairs, pas même de nuages autour de la lune en faucille, pourtant, les oiseaux se sont envolés, elle entend le bruit saccadé de leurs ailes qui se cognent aux taillis :

— Ça alors ! marmonne-t-elle.

Gasparine reste un long moment aux aguets, elle tente de donner un sens à ce vacarme incompréhensible.

Enfin, elle allume une des deux lampes, s'avance sur le pas de sa porte, puis elle descend à petits pas vers le pont des Oures.

A peine a-t-elle parcouru cinquante mètres qu'elle s'étonne déjà. Le niveau de l'eau semble avoir baissé. Elle aurait parié que, le matin même, le lac léchait les pierres du petit muret situé à droite de l'endroit où elle se trouve.

Gasparine abaisse sa lampe. Le sol encore mouillé lui prouve qu'elle n'a pas rêvé. Elle fait quelques pas de plus. Le sol s'assouplit. Elle progresse encore, elle a les pieds dans la boue. Elle prononce enfin les mots auxquels elle ne veut pas croire.

— Sacré pétard de bon Dieu, ce matin encore, l'eau arrivait bien jusqu'ici ?

Elle élève sa lampe pour prendre d'autres repères. Tout ce qu'elle distingue le confirme :

— Nom de pas Dieu ! L'eau a disparu !

Et, si elle est partie... c'est que le barrage...

Gasparine rassemble toutes ses forces :

— Fabrizio ! appelle-t-elle.

Elle entend des pas, des froissements de feuilles. Une grande joie l'inonde, son cœur se soulève.

Gasparine est prête à défaillir et vacille lorsqu'elle reconnaît les voix emmêlées de Violette et de Menfouti.

Menfouti prend Gasparine dans ses bras.

Peu après, les cris et les pleurs de la pauvre femme emplissent les vallons et résonnent de colline en colline.

7

En ce temps-là, à Callian, dans la courbe que fait la rue du Vallat, existait une épicerie-tabac-presse dont le propriétaire, Edmond Rue, louait, en outre, quelques chambres meublées aux gens de passage. Le contremaître en chef des chantiers de l'autoroute était de ceux-là.

Le plus proche voisin d'Edmond Rue était le garde forestier.

Il est quatre heures du matin quand la voiture de la gendarmerie s'engouffre dans la rue. Elle freine bruyamment devant l'épicerie d'Edmond, un gendarme descend et cogne à la devanture.

Des volets s'ouvrent, apparaît Arlette, la femme d'Edmond.

Tête renversée, impatient, bouleversé, le gendarme ne salue pas, il crie seulement :

— Le contremaître est-il là ?

— Bé, oui.

— On m'envoie le prévenir, qu'il descende à l'instant.

— Que se passe-t-il ?

La voix du gendarme baisse d'un ton :

— Le barrage a cassé.

Suit un grand silence. Les volets se referment.

Peu après, le gendarme s'en va tandis que le contremaître et le garde forestier montent dans la voiture qu'Edmond conduit.

« En bas, toutes les routes sont fermées à la circulation », a dit le gendarme.

Le contremaître réfléchit et décide :

— Nous passerons par l'autoroute, à présent, c'est le seul moyen d'y arriver.

A l'entrée de l'autoroute, à celle des Adrets, il ouvre les grilles de protection puis dirige la manœuvre à travers un dédale d'engins en stationnement.

La chaussée n'est pas encore goudronnée, la voiture d'Edmond roule au pas. Ses passagers sont silencieux. Aucun d'eux ne soupçonne que la boue puissante a trouvé dans ses flots gigantesques la force nécessaire pour descendre les quinze kilomètres qui séparent Malpasset du bord de mer. Aucun n'imagine qu'elle a déjà enseveli la moitié de Fréjus.

Il fait encore sombre. Le contremaître regarde par la portière, en contrebas. Soudain, il hurle :

— Arrêtez-vous !

A cinq cents mètres à peine, la chaussée s'incline et s'effondre à l'endroit où se trouvaient le pont, ses piliers et leurs précieux coffrages. En descendant de la voiture, le contremaître murmure :

— Bonne Mère...

Et puis encore :

— Petit Jésus...

Tandis qu'il avance en direction du chantier ravagé, Edmond Rue et le garde forestier quittent l'autoroute, descendent un petit versant, puis ils s'en vont à travers le maquis vers l'endroit où s'ancrait le barrage de Malpasset.

L'aube naît lentement lorsqu'ils arrivent en vue de l'endroit où s'est noué le drame.

Un léger brouillard mouille l'air.

Les deux hommes ne distinguent encore rien de net.

De lointains appels déchirent le silence et la pénombre. Là-bas, un maigre feu lance une pâle lumière.

Les deux hommes attendent la fin de la nuit.

Lorsque l'aube naît enfin, ils découvrent autour d'eux un paysage lunaire, un champ après la bataille, un désert de cailloux.

A leurs pieds, plus un arbre, plus un arbrisseau, plus un taillis, plus une herbe...

Seulement une nécropole improvisée où dorment pêle-mêle tous les oiseaux que le souffle de la déflagration a surpris dans leur fuite et puis aussi tous les poissons que les immenses franges des premières vagues ont enlevés, montés dans le ciel pour les rejeter sur la colline.

Ils entendent bruire l'eau, elle coule encore. A mieux y regarder, elle ne vient plus du barrage, elle vient de sa droite, d'un vallon proche dans lequel, au premier instant du drame, une partie de la grande lame s'est engouffrée.

Maintenant que le lac est vide, le vallon la dégorge avec un bruit frissonnant qui fait penser à des sanglots.

Les deux hommes approchent encore.

Le mur rose n'est plus.

Ils se penchent, croyant le découvrir tombé à terre, mais ils se sont trompés. La formidable poussée de l'eau l'a emporté au loin. La moitié rive gauche du barrage a complètement disparu, seule subsiste une partie de la culée. La partie droite a mieux résisté, mais une fissure apparaît le long de la muraille de rochers.

Ils se dirigent un peu plus vers l'aval.

Contre la colline d'en face, seules les maisons les plus hautes demeurent.

Partout, ici ou là, de larges flaques d'eau s'étalent avec, dans leur milieu, des îlots de béton ou de rochers.

La chose leur semble irréelle, tout repose, tout est tranquille.

Un jour nouveau se lève sur Malpasset.

D'un seul coup, le bruit d'un hélicoptère froisse le ciel. Il passe et repasse au-dessus de leurs têtes. D'autres encore, en enfilade, remontent la vallée.

Il y en a des bleus, des rouges, des verts.

L'un d'eux fait un point fixe à l'aplomb de la colline sur laquelle brûle un feu de détresse. Il descend et se pose.

Le calvaire des plus chanceux s'achève.

Les deux hommes se taisent.

Chacun d'eux croit vivre un mauvais rêve.

La nuit s'achève.

La malédiction de Malpasset a fait son œuvre.

Le berger Zé avait raison d'être en colère.

A l'aplomb de l'autoroute brisée, seul l'aqueduc romain de l'Esquine demeure.

Seul, il a résisté aux assauts de la vague meurtrière.

Au creux de son vallon, du haut de ses arches millénaires, il se mire encore dans l'eau tranquille.

8

Jeudi 3 décembre, une heure du matin.

La vallée du Reyran n'est plus qu'un immense fleuve asséché, qu'une longue et large traînée ocre, veinée de milliers de clairs ruisseaux.

Déjà la boue s'alourdit, s'enfonce et durcit. Terrible, inerte, elle entraîne dans son imperceptible descente aux enfers les choses mortes ou inutiles. Avant qu'elle ne les fasse disparaître à jamais, on peut voir dépasser de sa surface le dossier d'une chaise, le manche d'une cuillère ou l'anse d'une marmite.

Du nord au sud, il n'y a plus de route ni de chemin, plus de train ni de téléphone, plus d'eau propre, plus de courrier, plus de lumière. Fréjus, hébétée, agonise douloureusement jusqu'à ce que les secours réussissent à parvenir jusqu'à elle afin de soulager son martyre.

Il faudra attendre qu'un gendarme parvienne à monter téléphoner à Montauroux pour que les autorités préfectorales et la France tout entière apprennent enfin le drame de Fréjus.

Aussitôt, le préfet du Var se rend à Fréjus en pleine nuit. A deux heures du matin, le plan ORSEC est déclenché.

Munis d'une simple torche, les premiers sauveteurs accourent dans la confusion et la stupeur. Ils se dirigent à tâtons vers les endroits d'où viennent encore des plaintes ou des cris.

Partout, la boue règne en maître. Elle garde jalousement dans sa pâte puissante les horreurs qu'elle défendra jusqu'au bout.

Jusqu'au dernier coup de pelle.

Jusqu'au dernier cri.

Grâce au ciel, les nombreux camps militaires tout proches peuvent déverser très vite des bataillons d'hommes jeunes et leur matériel.

Tous les hommes qui pouvaient l'être ont été mobilisés.

Les bateaux croisant au large de Fréjus reviennent vers la terre.

Au lever du jour, des hélicoptères s'envolent par dizaines.

Il y en a des bleus, des rouges, des verts.

A travers le pare-brise de leur engin, gendarmes, pompiers et militaires guettent le moindre signe de vie, le moindre geste, le moindre appel.

Des arènes jusqu'à la plage, la boue ne recouvre pas seulement les morts de Fréjus, elle rendra, peu à peu, quelques-unes des 129 victimes de la vallée maudite.

Trop souvent, les sauveteurs ne peuvent que déterrer ceux que l'on remettra bientôt en terre.

Il y en a dans les branches des cyprès et d'autres dans les carcasses des voitures.

En fin de journée, un vaillant gendarme, qui, depuis le petit jour, n'a jamais cessé de secourir des gens du haut de son hélicoptère, fait une dernière tentative de sauvetage. Cette fois-là, c'est lui qui va accrocher le filin à la taille de la femme qu'il doit récupérer. Il laisse les commandes à son copilote et amorce sa descente.

Une fausse manœuvre a lieu, la machine s'incline vers le malheureux. Une pale de son hélicoptère le décapite.

Il sera la dernière victime que Malpasset aura fait.

Très vite, le monde entier s'émeut du drame. Mais nul au monde, s'il ne l'a pas vécu, ne peut imaginer son inexprimable misère.

De Malpasset à la Vallée rose, le silence règne encore lorsque le soleil, enfin, se lève.

Tous ceux qui pouvaient être sauvés l'ont été.

L'éternité attend tous ceux qui restent.

Tout ce qu'on peut voir dans ce petit matin livide n'est rien à côté de tout ce que la boue recouvre et enserre.

Il faudra attendre vingt ans pour que, par hasard, on retrouve le bulldozer que les ouvriers de l'autoroute ont abandonné sur leur chantier. Il n'a pas bougé mais il est sous quinze mètres de terre.

Sur les douze maisons de la cité d'en haut, il n'en reste que quatre. De la cité d'en bas, et du petit hameau, il ne reste rien.

Il ne reste rien des premières fermes.

Seulement, parfois, quelques traces au sol, une sorte de quadrillage témoignant de la place de chaque pièce.

Plus à l'écart, quelques pans de murs, quelques tas de pierres.

Seules les maisons situées à flanc de colline ont été épargnées. Mais on peut voir encore des larmes de détresse ruisseler de leurs murs.

La Vallée rose n'est plus. Une chape de boue la recouvre tout entière.

Plus un seul damier de pêchers sinon quelques branches qui dépassent de terre.

Plus une seule rangée de vigne, plus un seul buisson de roses.

Si elle ne les a pas emportées dans ses remous, la boue enserre les maisons jusqu'à leurs plus hautes fenêtres.

Aux alentours de Malpasset, il en est de même. Déjà, des vies par dizaines et des débris de toutes sortes s'enlisent inexorablement tout le long des bords de la plaie grande ouverte.

Des contreforts de l'Estérel jusqu'à Fréjus, la vallée du Reyran n'est plus qu'un pitoyable désert de misère et de boue.

9

A présent, le soleil est haut dans le ciel.

Fréjus ouest semble recouverte d'un linceul. Après avoir recueilli toute la terre arrachée aux campagnes, elle n'est plus qu'une immense flaque silencieuse et trompeuse, une bête repue qui s'allonge avant de s'assoupir.

Tandis que les radios parlent sans cesse de la catastrophe, les journaux préparent une édition spéciale :

« Hier au soir, le 2 décembre 1959 à 21 h 14, le barrage de Malpasset a cédé. La première vague haute de soixante mètres a déferlé à soixante-dix kilomètres par heure. Elle a mis vingt minutes pour atteindre Fréjus et encore treize minutes pour aller se jeter dans la mer. »

Cinquante millions de tonnes d'eau lourde, chargée de blocs de béton, de milliers de troncs d'arbres, de rochers et de broussailles, ont tout emporté sur leur passage, femmes, hommes, enfants et leurs maisons, cultures dans les champs et bêtes dans leurs écuries.

Un bloc de béton lourd de six cents tonnes sera retrouvé à plus de huit cents mètres de l'endroit où il avait été édifié.

Face aux arènes, seul le Moulin brûlé a résisté. On peut le voir encore, malmené, certes, mais toujours fier. Bien que vieux de quatre siècles, ses murs inébranlables ont protégé treize personnes.

Au loin, on ne reconnaît le long ruban de la nationale 7 qu'aux cimes des arbres qui bordent sa chaussée. Plus de bitume, plus de coopérative, plus de station-service, plus de citernes, plus de restaurant routier. Plus rien qu'un grand trou que la boue recouvre de sa misère infinie.

Au carrefour de la route de Bagnols, une clôture datant de l'occupation allemande a retenu le corps d'une femme dans ses barbelés.

La voie ferrée arrachée et déchiquetée témoigne, à elle seule, de la puissance de la vague qui s'est jetée sur Fréjus.

La gare, ses palmiers et ses tonnelles ont disparu.

Dans la zone militaire, un terrible message passe de bouche en bouche : le personnel et le matériel de l'intendance ont été anéantis.

Une femme prise par les douleurs de l'enfantement ne peut atteindre l'hôpital, elle devra accoucher seule dans une maison humide et glacée.

La micheline qui venait de Marseille vogue à trente mètres du trajet normal de ses rails. Ses voyageurs ont passé la nuit entière sur le toit des wagons avant d'être sauvés.

Le rapide Riviera-Genève a eu plus de chance : plus tardif, il s'est immobilisé au milieu de la mer de boue.

L'avenue de Verdun gardera longtemps le témoignage de son calvaire sur ses murs.

Pour secourir ce qui vit encore, inutile d'espérer se servir des barques des pêcheurs. Elles ne pourraient pas avancer dans cet épais marais fangeux hérissé de décombres. Les flaques de boue ont pris la place des maisons, maisons dont les ruines s'amoncellent en barricades comme pour obstruer des rues qui n'ont plus de sens, ni de nom, ni de jolis balcons suspendus.

Un hélicoptère de l'aéronavale accroche un homme à son filin d'acier. Lorsqu'il emporte le malheureux par-dessus cloaque et décombres, la boue dégouline de la tête vers les pieds tout au long d'un corps que le froid a raidi dans son ultime posture. Les mains sont jointes, le cou ne soutient plus la tête qui se penche. On croit voir l'ébauche d'une statue sculptée dans la glaise, une statue que l'artiste n'aurait pas finie.

A peine né, un enfant est déjà orphelin.

Une jeune femme est veuve avant d'avoir pu se marier. Elle se battra pour que son enfant porte le nom de l'homme que Malpasset a fait mourir.

Dans leurs canots insubmersibles, des pompiers évacuent toute une famille réfugiée sur un amas de tôles.

Un marsouin de l'infanterie navale monte sur une carcasse de camion pour donner de l'eau propre à des enfants isolés sur un balcon entouré d'eau croupie.

Des rescapés se cherchent, des rescapés se retrouvent et s'étreignent.

Une étreinte qui parle de peur et de peine infinie.

De leurs yeux, des larmes coulent, comme elles coulent de tous les yeux encore ouverts.

Les premiers journaux paraissent :

« Dix minutes ont suffi à semer la mort et la désolation du barrage de Malpasset à la mer. »

« Le plus dramatique s'est passé tout le long de la vallée du Reyran, autour de la gare et puis encore dans les quartiers de Villeneuve, Fougasse et la Gaudine.

« Tous ceux-là ont reçu de plein fouet une trombe d'eau comparable à un déluge d'apocalypse. »

« Saint-Aygulf a été épargné. »

« Aux alentours de Malpasset, il n'y a eu que quelques rescapés, une femme miraculeusement partie la veille pour accoucher, un jeune homme parti au cinéma. Le gardien du barrage, sa femme et son petit sont saufs, Etienne, leur père et grand-père, lui, a disparu.

« Un couple, qui avait fui dans les collines, a marché une grande partie de la nuit pour rejoindre la route à l'aveuglette, dans la nuit. »

« Les piliers du pont de l'autoroute, ceux-là mêmes qu'on avait tant voulu protéger, ont été emportés ainsi que tous les travaux déjà réalisés sur plus d'un kilomètre. Seul l'aqueduc romain de l'Esquine a résisté. »

10

Dans le vieux Fréjus que la vague a épargné, que ce soit à la mairie, à l'école, sur les pylônes, le long des routes ou dans les égouts, hommes, femmes et jeunesse, fonctionnaires ou bénévoles se dévouent. Pour eux il n'existe plus d'heures ni de minutes, plus de pause ni de repos, plus de dimanche ou de jours de congé. Ils travaillent sans cesse et ne se relaient que lorsque la fatigue les fait tituber.

Dans la petite poste, juste à côté de la mairie, une jeune stagiaire comptabilise les mandats venus de la France tout entière tandis que, devant elle, un homme répond au téléphone qui sonne sans arrêt. Nul ne peut entendre les questions qu'on lui pose mais sa réponse est toujours la même, à la fois cruelle et pathétique comme une litanie :

— Untel ? Impossible, pour l'instant, de se prononcer. Gardez espoir... murmure-t-il avant de raccrocher.

Parce que rester les bras croisés devant tant de malheur paraît impossible, sans cesse des volontaires se présentent à l'école de garçons afin de proposer leur aide au Secours populaire ou à la Croix-Rouge.

Qui sont-ils ? Infirmières, secouristes bénévoles, boulangers ou laveurs de carreaux, peu importe. Hommes ou femmes, peu importe. Fréjus a tant besoin de bras et de cœurs pour se consoler.

Parmi tous ces braves gens, il y a Henri, un jeune sportif, et Julie, une infirmière retraitée.

D'Henri, on fait un brancardier.

On réserve Julie à la toilette des victimes.

Henri est un jeune homme jovial, un blagueur qui bavarde et rit volontiers, un beau garçon doté autant de solides muscles que de vaillance et de bonté.

Il n'est pas de Fréjus mais d'un peu plus loin, peu importe.

Il se met à l'ouvrage le 4 décembre au matin, bien décidé à se rendre utile. La pluie s'est remise à tomber. Il pense encore sauver des vies, peut-être, transporter des blessés, mettre à l'abri de vieilles personnes démunies...

Il n'est pas naïf au point d'ignorer qu'il va devoir affronter la mort mais il ne s'attend pas à ce que sera la réalité.

Ramasser et transporter un corps sans vie est une chose. Découvrir, par hasard, un bras, une jambe, un torse moulé dans de la boue séchée en est une autre. Extraire à grand-peine de la fange un nouveau-né éventré est une épreuve pour laquelle nul n'est suffisamment préparé.

Quelques mois plus tard, Henri mettra fin à sa vie. Certains diront qu'il ne s'était jamais remis de tant d'atrocités.

Julie, elle, en tant qu'ancienne infirmière, a l'habitude de côtoyer les souffrances qui entourent l'agonie.

Elle se met à l'ouvrage le 5 décembre au matin, bien décidée à user de toute son énergie et de tout son savoir afin de soulager autant qu'elle le pourra les peines de cœur, de corps et d'esprit.

La première chose à laquelle son dévouement se heurte est le manque d'eau claire.

La chose est vraie, même si elle semble irréelle. Par manque d'eau, on devra réserver celle apportée en citerne de l'extérieur aux vivants bien sûr, puis à la toilette des nombreux blessés. Les gorges, les bouches et les corps englués, eux, devront attendre que la boue sèche et tombe d'elle-même ou bien se satisfaire d'une toilette sommaire faite, bien souvent, à la lueur d'une lampe ou d'une bougie.

Il faudra qu'un long temps passe avant que Julie parvienne à chasser certaines images de ses nuits.

Dès le lendemain du drame, hommes, femmes et enfants accourent en grand nombre puis vont et viennent de la chapelle ardente aux préfabriqués de l'école afin de reconnaître l'un des leurs.

Dehors, les cercueils de planches s'amoncellent avec, parfois, un nom écrit à la craie sur le couvercle. Un nom qui se répète atrocement quand il s'agit d'une famille tout entière.

Le premier jour, il y en a 196.

Le lendemain, 261.

Le surlendemain, 323, et ce n'est pas fini.

Le cimetière est trop petit.

Du Puget à Sainte-Maxime, tous les menuisiers fabriquent à la hâte des cercueils.

Comme on manque, on met deux petites sœurs dans le même.

Quand les classes reprendront, 135 enfants manqueront à l'appel de leurs institutrices.

On peut voir des gens en procession suivre des camions militaires qui, faisant office de corbillards, peuvent emmener toute une famille d'un seul coup.

Les brancards passent chargés de corps boueux et recouverts de draps boueux aussi.

Le maire de Fréjus ouvre un bureau pour accueillir et aider tous ceux qui, profondément choqués, ont momentanément perdu l'esprit. Et puis encore tous ceux qui ne savent plus où aller. Et enfin toux ceux qui cherchent et tous ceux qui pleurent. Il y en a plus de mille.

Tandis que les services publics s'activent à rétablir les routes, les ponts, l'électricité et les liaisons téléphoniques, on distribue de la nourriture et les premiers secours.

Des camions venus d'Espagne déversent à pleins flots des oranges sanguines.

On vaccine tous les enfants contre la typhoïde.

Plus tard, le général de Gaulle, président de la République, viendra témoigner de sa compassion. Il lancera un appel à la solidarité nationale et promettra que Fréjus renaîtra bientôt de ses ruines.

Dès lors, de toute la France et puis aussi de tous les pays du monde, argent, aide, encouragements, vêtements, denrées arriveront afin de soulager Fréjus de sa peine infinie.

Arriveront aussi, venues de toutes les provinces et de tous les pays, des milliers de lettres bien souvent écrites par des enfants, des lettres de soutien et de réconfort. L'Europe tout entière se sent solidaire des martyrs et des orphelins de Fréjus.

Chaque jour, et cela jusqu'au 17 décembre, la boue, le sable et la mer rendront, un à un, des restes méconnaissables et des corps en lambeaux.

Le dernier de tous sera le torse tatoué d'un homme qu'on retrouvera sur la plage d'Hyères. Il s'appelait Etienne Archantini, il était le père du gardien du barrage. Il habitait la cité ouvrière en aval de Malpasset.

Le malheureux aura mis quinze jours pour accomplir ce grand voyage.

Quinze jours... dont quelques minutes seulement pour descendre la longue vallée, et tout le reste pour voguer le long de la Méditerranée, au gré du courant Ligure.

TROISIÈME PARTIE

LE CRIME

1

Jeudi, 3 décembre.

Six heures venaient de sonner à l'horloge de la tour du château de Callian. Il faisait sombre encore dans les ruelles lorsque René, le garagiste, fut réveillé par un grondement continu et inhabituel. Prenant bien soin de ne pas éveiller sa femme, il se leva doucement dans la pénombre et se mit à sa fenêtre.

Le bruit venait d'en bas, de la plaine où passait une route ordinairement paisible.

Ce bruit, un instant, le ramena quinze ans en arrière, au temps de la dernière guerre, lorsque allaient et venaient sur cette même route camions allemands, chenillettes et jeeps.

René voulut alors éclairer la cuisine mais la lampe refusa de s'allumer.

Il s'habilla donc à tâtons et descendit vers la place Saint-Roch d'où l'on domine parfaitement les champs de vignes et de fleurs qui, en ce temps-là, s'étalaient tout le long de la route tranquille qui, aujourd'hui encore, va de Draguignan à Grasse. Chose insolite, voitures, camions et camionnettes s'y succédaient et s'y croisaient en deux flots ininterrompus.

Perplexe, René revenait à son logis lorsqu'il vit une lampe à pétrole éclairer de sa flamme blanche l'intérieur de l'épicerie d'Edmond Rue. La porte était déjà ouverte. Il entra et dit :

— Adéssias Arlette. Je ne sais pas ce qui se passe, mais il n'y a toujours pas de lumière et puis, vois, il y a un monde fou qui passe sur la route...

— Le barrage a cassé, répondit Arlette.

— Pas possible !

Un ange stupéfait passa et repassa dans l'épicerie. Enfin, Arlette raconta l'arrivée du gendarme en pleine nuit. Elle conclut :

— Dès qu'il est revenu de là-bas, mon mari s'en est allé voir le maire. Il n'avait pas envie de parler de ce qu'il avait vu. Il en parlera tout à l'heure, peut-être. Tout ce que je sais, c'est que toutes les routes sont coupées et les voitures détournées au Puget d'un côté et de Mandelieu de l'autre. Ce que tu vois passer, c'est le trafic de la nationale 7.

— On en parle dans le journal ?

— Les journaux ne parlent de rien. Tout s'est passé dans la nuit. Pense un peu... et comme il n'y avait plus d'électricité ni de téléphone, ils n'ont rien su. Une édition spéciale paraîtra sans doute dans l'après-midi.

Là-bas, au vallon des Oures, là-bas, à mi-chemin entre Callian et Malpasset, là-bas, tout au long du lac disparu, un incommensurable silence régnait.

Du fond des vallons pantois jusqu'aux sommets des collines hébétées, l'eau frémissante racontait à l'air frissonnant la tragédie de Malpasset.

Dans le cabanon de Fabrizio, la lampe avait bu presque toute son huile et, cependant, Menfouti et Violette tentaient encore de consoler Gasparine. A tour de rôle, ils prenaient la pauvre femme dans leurs bras tout autant pour faire cesser sa peine que pour l'empêcher de descendre vers le lac qui n'était plus.

En effet, si la malheureuse acceptait l'idée que son mari soit tombé dans l'eau, elle refusait en revanche d'admettre l'image d'un courant assez fort pour l'entraîner au loin, si loin qu'il était inutile d'aller le chercher aux alentours :

— Fabrizio savait nager, répépiait-elle. Pensez un peu... Il faut aller voir autour du pont, sûr qu'il y est encore !

Elle se débattait. Son doigt se tendait vers la fenêtre, vibrant, tremblant de fièvre, il montrait le chemin qu'il fallait emprunter.

Menfouti ne savait plus que faire. Violette ne voulait pas laisser Gasparine seule dans sa maison, elle répétait :

— Venez dormir chez nous, tata. Il fait noir à présent, demain nous reviendrons chercher Fabrizio !

Mais la bonne vieille refusait :

— Pourquoi attendre ?

Puis elle secouait la tête, à demi vaincue :

— Il faut que je reste ici !

Violette était inquiète.

— Vois l'heure qui passe, chuchotait-elle à Menfouti. A présent, mes enfants doivent me chercher et se demander où je suis...

Las, à force de fatigue, de pleurs et de tisane d'herbes, au tout petit matin, Gasparine accepta enfin de laisser ses paupières descendre sur ses yeux.

— Je cours m'occuper de Jeanine et je reviens bien vite, lui chuchota Violette.

Gasparine sourit puis elle accepta de s'endormir.

La moto de Menfouti déposa Violette à l'entrée du village puis elle fila jusqu'à la ferme du Caillou.

Maria était déjà levée. Elle pataugeait dans la boue à quelques mètres de sa maison. En apercevant son fils, elle dit :

— Ah, te voilà enfin...

Puis, aussitôt :

— Mireille n'est pas revenue.

Et puis encore :

— Où étais-tu ? Avec elle, bien sûr.

Gilbert répondit :

— Le barrage a cassé.

— Bé, ça devait bien arriver, dit sèchement Maria. Viens donc m'aider à soulever ton père, il s'est encore sali.

Le pauvre vieux faisait pitié, il respirait avec peine et gémissait sans cesse.

— Faudrait faire venir le docteur, dit Gilbert.

— C'est ça, oui, je vais y aller. Et puis je demanderai si quelqu'un a vu Mireille. Cette garce me fera mourir...

Maria avait une voix rauque. Elle était sale et mal coiffée sous un fichu de coton noué à la hâte sur ses cheveux gris. Elle ronchonna encore, haletante, enfin, elle se dressa devant son fils et dit :

— Je ne sais plus comment faire. Il faudrait que Violette vienne m'aider.

Surpris, Menfouti marqua un temps puis il annonça clairement :

— Cette fois-là, elle ne viendra pas comme une domestique, elle viendra comme ma femme avec ses enfants et toutes ses affaires pour s'installer ici.

Contre toute attente, Maria baissa le nez et murmura :

— Comme tu voudras, mon fils.

Lorsqu'elle fut descendue de la moto de Menfouti, Violette traversa le village à vive allure. Pressée par le temps, elle espérait bien pouvoir faire son chemin sans rencontrer quiconque qui, de ses bavardages, la retarderait.

Hélas, à peine commençait-elle à descendre la Grand-Rue qu'elle se retrouva nez à nez avec René qui remontait de l'épicerie-tabac. Celui-là l'arrêta pour lui dire :

— Le barrage a cassé.

Violette bredouilla quelques mots inaudibles puis elle accéléra sa course en direction de son logis.

Elle posait sa main sur la poignée de sa porte lorsque, de sa fenêtre, sa voisine l'interpella :

— Bé, te voilà enfin ? Tu sais pour le barrage ?

Violette fit signe que oui puis elle entra chez elle.

— Tes enfants sont déjà levés, continuait la voisine, j'ai entendu Bruno qui grondait Jeanine...

L'annonce du drame faisait son chemin de rue en rue, de village en village. Les banalités se répétaient :

— Ça devait arriver... pas étonnant... je l'avais bien dit...

L'émotion suivait de près :

— Pauvres gens, tout de même.

Mais si tous, ici, pressentaient un désastre, aucun n'en réalisait vraiment ni l'ampleur, ni l'atrocité.

Huit heures sonnaient à peine que, déjà, un remue-ménage inhabituel emplit les rues. Employés municipaux et pompiers volontaires accouraient de toute part et montaient dans des voitures qui, aussitôt, les emmenaient vers Fréjus.

2

Il était un peu plus de onze heures quand on vit Maria, mal peignée, descendre de sa vieille voiture. Après avoir claqué sa portière dans un large geste de mauvaise humeur, elle se dirigea d'un pas ferme vers la boulangerie devant laquelle un groupe de femmes bavardait. Toutes parlaient de la catastrophe, bien sûr.

Après avoir écouté les unes et les autres, Maria s'interposa pour demander :

— Y a quelqu'un qu'a vu Mireille ?

— Laquelle de Mireille ? interrogea Nicole d'un air moqueur.

Las, personne n'avait vu la Mireille du Caillou.

Maria s'éloigna de la boulangerie.

Afin de continuer son enquête, elle s'arrêtait à chaque boutique, passait la tête par la porte et questionnait :

— Y a quelqu'un qu'a vu Mireille ?

Trop préoccupés par le drame de Malpasset, tous et toutes répondaient négativement du bout des lèvres sans manifester un quelconque intérêt.

Ce fut devant l'église que Maria rencontra enfin l'oreille bienveillante qu'elle espérait :

— Ah bon ? lui répondit une petite vieille. Mireille a disparu ? Et dis-moi depuis quand tu l'as plus vue ?

— Depuis hier !

— Après le lavoir ?

Maria hésita :

— Ben, vouïe...

— Eh bé, moi, je l'ai vue repartir sur sa machine.

L'aimable vieille femme réfléchit encore :

— On dit que ça n'allait pas très bien entre vous ces derniers temps... Peut-être qu'elle est retournée à Bagnols, chez sa mère ?

Maria se dirigea alors vers la poste de Callian où elle demanda à la préposée d'appeler sa consœur de la poste de Bagnols, postière qu'elle connaissait bien étant donné qu'elle était la fille de la cousine de sa belle-sœur. Quand elle eut la communication, Maria dit :

— Adéssias, Catherine, comment vas-tu ?... Et ta pauvre mère ?... et le petit ?

Puis, lorsqu'elle eut fini de s'inquiéter de la santé des uns et des autres :

— Demande voir si Mireille est revenue chez elle.

La question de Maria passa de bouche en bouche, de la poste de Bagnols jusqu'à la maison de la mère de Mireille, puis la réponse de celle-ci revint par le même chemin, peu après :

— La mère de Mireille te fait dire qu'elle n'a pas vu sa garce de fille depuis belle lurette et qu'il vaut mieux qu'elle ne revienne pas de sitôt si elle ne veut pas entendre ses quatre vérités !

Sur le chemin du retour, Maria rencontra Louis, le facteur. Pour s'assurer que le brave homme la voie et s'arrête, elle se planta sur sa route, les bras en croix. Le malheureux faillit dégringoler de sa bicyclette et en éprouva aussitôt une légitime mauvaise humeur :

— T'as pas vu Mireille ? lui demanda Maria.

— Et pourquoi je l'aurais vue ? Que je sache, tu ne me l'as pas donnée à garder ?

— Elle a disparu.

Louis était brave. Oubliant sa rancœur, il réfléchit un instant et proposa :

— Elle ne serait pas allée voir son fils à Fréjus ?

— D'habitude, elle y va le samedi !

— Eh bé, elle y sera allée le mercredi !

Enfin, pressé de s'en aller finir sa tournée, Louis conclut :

— Fan d'aquello ! C'est pas sur mon guidon qu'il faut la chercher, faut aller voir à la gendarmerie !

Mais les gendarmes avaient été réquisitionnés par le préfet. Des trois hommes affectés à la sûreté du canton de Fayence, il n'en restait plus qu'un, et celui-là assura se moquer de Mireille comme de sa première toupie.

— Avec tout ce qui se passe en bas, j'ai autre chose à faire que de m'occuper de tes histoires. Reviens me voir dans huit jours si, toutefois, elle n'est pas revenue.

Et comme Maria insistait :

— Ta Mireille, c'est une grande fille, pas vrai ? Alors elle fait comme elle veut. C'est l'article neuf qui le dit. Et ce qu'elle fait de sa vie, ça n'intéresse pas les gendarmes ni la gendarmerie.

— Ce qui peut bien intéresser les gendarmes, y a des fois qu'on se le demande, râla Maria en se retournant vers la sortie.

Avant de remonter à la ferme du Caillou, Maria passa chez le docteur Désestrés puis chez le père blanc qui faisait office de curé.

A chacun des deux, elle parla de son pauvre mari et leur demanda de venir le voir dès que possible. Ensuite, elle se ravisa pour préciser :

— Je vous attendrai demain au petit jour.

D'ici là, nom de pas Dieu, elle se réservait un long moment pour lui faire dire, de gré ou de force, où se trouvaient les sous !

Malgré l'émotion suscitée par le drame de Malpasset, la disparition de Mireille fut bientôt connue de tous. Chacun disait :

— Paraît que la Mireille de Maria a disparu...

Comme Violette passait par là, on lui dit la nouvelle :

— Bon débarras, répondit celle-ci.

3

Pancrace Miquelet décéda dans la nuit du 4 décembre 1959, ses yeux se fermèrent sans que sa bouche ait dit son secret.

Dans chaque village, deux ou trois familles étaient en deuil d'un parent ou d'un ami.

Dans chaque maison, comme elles l'avaient fait quinze ans plus tôt pour leurs prisonniers de guerre, les femmes faisaient des colis de nourriture ou de vêtements pour les malheureux de Fréjus.

Il faisait à peine jour lorsque, celui-ci ayant profité de la voiture de celui-là, le docteur et l'homme d'Eglise arrivèrent ensemble à la ferme du Puits du Caillou.

En premier lieu, le médecin s'assura du décès puis il noua un bandeau autour du menton de Pancrace Miquelet. Ensuite, sans même tenter un inaccessible paradis, le père blanc entreprit, à force de prières, d'accompagner le grand filou sur le chemin du purgatoire afin de le préserver de l'enfer qui lui était promis.

Quatre jours s'étaient écoulés depuis le drame et, cependant, Gasparine pleurait encore du matin au soir. Elle répépiait :

— Il nageait si bien, Dieu garde. Un jour, je l'ai vu faire...

Elle refusait encore et toujours de croire à ce courant si puissant, à cette force insurmontable capable d'emporter son mari du nord au sud, sur quatre kilomètres et de lui faire, disait-elle, « sauter » le mur.

Enfin, puisque les journaux ne parlaient que de boue :

— Vrai, il savait nager dans de la belle eau mais... dans la boue... pauvre... comment voulez-vous ? On ne peut rien espérer... que crever, sanglotait-elle jusqu'à la nuit.

Parfois, acceptant le pire, elle souhaitait, pour le moins, retrouver son corps. Désignant le lac, elle répétait :

— Je suis sûre qu'il y est encore. Il faut y aller voir tout de suite.

Violette et Menfouti cédèrent enfin à sa demande et tous trois descendirent le vallon tout au long duquel les herbes couchées témoignaient encore du puissant flux qui avait tenté de les emmener à sa suite.

Du pont des Oures, il ne restait qu'un éboulis de pierres à demi enfoncées dans la vase et les cailloux.

Le Reyran, lui, avait repris sa place et son cours. Il coulait bravement, comme si le lac qui l'avait un instant absorbé n'avait été qu'un bref malentendu.

Contrairement à ce que Violette craignait, Gasparine contempla avec sang-froid le lieu où son mari avait probablement disparu :

— C'est pas croyable, répétait-elle.

Elle se signa mille fois et fit mille prières. Puis :

— Allons plus loin, dit-elle. Il a dû rejoindre l'autre rive.

L'ancienne route de Fréjus apparaissait, de-ci, de-là, parfois sous une épaisse couche de terre, d'autres fois sous de la poussière plus légère ou bien sous des traînées de cailloux.

Plus ils avançaient en direction du site de Malpasset, plus le fond de la vallée gardait les traces de son inondation et, plus encore, de la brusque fuite de l'eau. Celle-ci était visible dans les milliers de petits ravins hérissés de pierres qui striaient longitudinalement le sable de son cours. Ailleurs, chaque creux s'était fait flaque, chaque cuvette s'était faite grande mare, mares autour desquelles la vie était déjà réapparue.

Au détour de la route, l'arche de l'aqueduc romain de Jasmin leur apparut enfin. Sereine, elle était encore debout. Gasparine exigea de s'en approcher puis elle resta longtemps assise à ses pieds, sur un rocher, comme recueillie devant un mausolée, émerveillée par tant d'éternelle fragilité.

Enfin, menton dans le cou, elle récita de longues prières.

Lorsqu'elle rejoignit Violette, elle dit pour s'excuser :

— C'est à cet endroit que Fabrizio s'installait pour pêcher.

Parfois, le large creux de la vallée était mis à nu, d'autres fois, il s'était fait désert de pierres, plus un arbrisseau, plus un taillis, plus de vie.

En amont du mur emporté, juste à l'aplomb de ses ruines et de ses berges dévastées, un large et paisible lac demeurait.

Presque un petit coin de paradis.

L'après-midi même, Menfouti, Violette et Gasparine se rendirent à Fréjus, à l'endroit où s'effectuait l'identification des victimes.

Leurs démarches et leur attente durèrent longtemps. Ce qu'ils aperçurent était effroyable.

Plus effroyable encore fut de ne pas reconnaître Fabrizio.

— Revenez demain, leur dit un homme.

Ils y retournèrent chaque jour pendant trois semaines.

Jamais le malheureux Fabrizio ne réapparut.

Une semaine passa sans que Mireille ne revienne à la ferme du Puits du Caillou. La thèse selon laquelle elle serait descendue voir son fils à Fréjus semblait être la plus probable, d'autant plus que la dépouille de celui-ci avait été retrouvée près des arènes et qu'il faisait partie de la liste officielle des victimes.

On disait :

— Sûr que Mireille est descendue voir son petit et qu'elle s'est fait prendre par la vague, elle aussi.

— Pauvre femme, tout de même...

Le mercredi 9 décembre, huit jours donc après le drame, Coco, le colporteur, de passage à Bagnols, confirma définitivement l'explication que certains avaient peine à accepter :

— Mireille ? Bien sûr que je l'ai vue descendre par la route. Je l'ai croisée un peu après Bagnols... Vouïe, c'était bien le mercredi ! précisa-t-il. Elle allait vite sur sa bécane, comme un coureur, la tête dans le cou !

La disparition de Mireille prit aussitôt une dimension différente. L'auréole des martyrs embellit à jamais son souvenir.

En outre, comme chaque jour, on retrouvait un corps ici ou là, il se disait :

— On la retrouvera bien, allez, et si on ne la retrouve pas, on retrouvera bien sa machine.

4

Les obsèques de Pancrace eurent lieu cinq jours plus tard, dans une église presque vide. A la fin de la cérémonie, un bien étroit convoi se forma pour emmener le filou au cimetière, convoi que beaucoup se contentèrent de regarder passer en soulevant à peine leur casquette.

« Plutôt boire un coup que d'accompagner ce saligaud au cimetière, pensaient-ils, malin comme il était, il y arrivera bien tout seul... sans les pauvres nous autres pour lui montrer la route. »

Aussitôt célébrées les funérailles de son père, Menfouti demanda solennellement Violette en mariage puis, le lendemain, il tenta de la convaincre de venir habiter immédiatement à la ferme du Caillou.

— Vois, lui dit-il, c'est ma mère qui te demande.

Violette résista longtemps à sa prière. Au désir de Menfouti, elle opposa toutes sortes de prétextes pour ne pas avoir à avouer l'aversion qu'elle avait pour

Maria, et risquer de manquer, en disant cela, du respect qu'elle lui devait :

— Il n'est pas correct d'aller habiter chez son promis avant la noce, avança-t-elle en premier lieu.

Menfouti haussa les épaules :

— Personne n'y trouvera à redire, tu le sais bien...

Violette prit alors un ton péremptoire pour annoncer son argument le plus solide :

— Et si je m'en vais vivre au Caillou, que deviendra Gasparine ? Elle ne peut pas rester seule dans ce coin perdu, si loin de tout. Gasparine, c'est comme ma mère, c'est elle qui m'a élevée, il me faut la prendre avec moi pour m'occuper d'elle jusqu'à la fin de sa vie.

— C'est vrai, répondit Menfouti. Dès que nous serons mariés, nous irons la chercher et nous la prendrons avec nous. Ce n'est pas la place qui manque au Caillou.

Violette s'attendrit :

— Toi, tu es brave, mais... j'ai dans l'idée que ta mère ne voudra pas de Gasparine.

— Si je le veux, elle le voudra. Cette femme, c'est comme ta mère, on doit s'en occuper, on s'en occupera, un point c'est tout !

Violette resta longtemps pensive puis elle proposa d'une voix câline :

— Et si, plutôt, tu venais habiter avec nous dans ma maison au village ? Bruno resterait près de la mairie, Jeanine près de l'école, et tu continuerais à travailler à la ferme comme d'habitude... ?

— Et la mienne de mère, il ne faut pas l'oublier ! Si je vis au village, qui veillera sur elle tout le long du jour ? Elle ne voudra jamais venir habiter au village avec nous, pense un peu... elle ne voudra jamais quitter sa maison et ses habitudes.

Et comme Violette restait muette :

— En galère, va, tu le sais bien, ta maison est trop petite pour tout ce monde.

Menfouti prit Violette dans ses bras et l'embrassa tendrement comme pour sceller un pacte définitif. Il semblait sûr de sa victoire. Violette ne déposa pourtant pas les armes. Vaillante, telle la chevrette de monsieur Seguin, elle continua à combattre jusqu'au lever du jour :

— Es-tu sûr que ta mère me demande encore ? J'ai pensé que, maintenant que ton père est mort, elle n'a plus besoin de moi ?

Violette pencha la tête, pour un peu elle se serait mise à genoux. Elle supplia :

— Attendons la noce, va...

— Mais bon Dieu de bonsoir, bien sûr qu'elle te veut encore puisqu'elle te demande ! Vois... avec toi dans la maison, elle pourra rester bien tranquille sur sa chaise à reposer sa jambe tout en regardant la télévision.

Violette en doutait. Son instinct lui disait que Maria ne lui confierait pas si facilement la gouvernance de sa maison. Elle secoua la tête et, à bout d'arguments, elle dit enfin la véritable raison de sa réticence :

— Jamais ta mère ne supportera mes enfants...

Menfouti redressa son torse dans un généreux élan :

— N'oublie pas que maintenant que mon père n'est plus là, c'est moi qui commande. Il ferait beau voir qu'elle se mêle de ce qui ne la regarde pas. Coquin de Diou, n'aie pas de craintes, je prendrai bien garde à ce qu'elle considère tes enfants comme les miens et qu'elle les estime et les mène avec douceur comme elle l'a fait pour moi quand j'étais petit !

Sur ces bonnes paroles, fort réconfortantes à défaut d'être très réalistes, Menfouti revint à la ferme du Puits du Caillou. Il y chercha longtemps sa mère avant de la surprendre entre le mulet et l'âne, toute piquetée de paille, dans l'écurie.

— Ma, qu'est-ce que tu fais là ?

— Je fais un peu de ménage, répondit Maria.

Elle avait l'air confus mais Menfouti ne le remarqua pas.

— Allez, zou, va dans ta cuisine, lui lança-t-il d'une voix joyeuse. Un grand travail nous attend. Il nous faut réaménager toute la maison. Violette a commencé de faire son bagage. Demain, elle sera là avec toute sa petite famille...

Maria se figea :

— Boudiéu, et pourquoi ça ?

— Bé, c'est toi qui l'a demandée !

— Je l'avais demandée pour s'occuper de ton père, mais à présent que le pauvre vieux n'a plus besoin de rien, je n'ai plus besoin d'elle et surtout pas de ses enfants au milieu !

En effet, à l'instant même où Pancrace avait rendu son âme au diable, Maria avait modifié sa façon d'envisager son avenir immédiat. Dans les plus beaux de ses rêves, elle se voyait vivre seule avec son fils et finir ainsi sa vie... Son rêve exaltant se terminait par cette phrase :

— Et il s'en ira voir sa putanas quand ça lui chantera...

Comment s'y prendrait-elle pour parvenir à cet idéal, elle n'y avait pas encore réfléchi. Ce fut donc sans préméditation qu'elle dut entamer le combat dans l'écurie :

— Eh bé, ça attendra ! dit-elle en lançant une main vers le ciel. On a tout le temps. J'ai besoin de me reposer...

— En galère, jeta Menfouti d'une voix ferme et tranquille. Je lui ai demandé de venir, elle viendra comme je le dis.

Maria reçut l'ultimatum comme un coup de poing au ventre. Un éclair de fureur zébra son regard. Elle se rendit brusquement compte qu'elle n'avait pas vu son fils grandir au fur et à mesure de la décrépitude de son mari. Prise de court, elle secoua sa jupe et détala.

A l'heure du dîner, Maria servit son fils sans jamais faire allusion à l'arrivée imminente de Violette et de ses enfants.

Lorsque le repas se termina, Menfouti alluma une cigarette et dit :

— A présent, il te faut préparer deux chambres. Je t'aiderai à tirer les lits et à mettre les draps et les couvertures.

— Et pourquoi faire deux chambres ?

— Une pour Bruno, une autre pour les filles. De la place, on n'en manque pas. Un peu de vie dans ces pièces vides fera du bien aux murs.

Maria ravala sa hargne puis, adoptant une attitude tout autant soumise que sournoise, elle se mit au travail. Mais, se disait-elle, il ne fallait pas que son fils s'y laisse prendre, elle n'avait pas encore fourbi les armes qui lui permettraient de lutter et de remporter une victoire définitive.

Comme il l'avait promis, Gilbert installa les lits dans les chambres puis il aida sa mère à disposer soigneusement la literie. En vérité, se prenant au jeu, il décida de tout ce qui concernait le confort des enfants en veillant à ce que rien ne manquât à leur nouvelle vie.

Lorsqu'elle se retrouva seule, Maria tourna et vira longtemps dans sa cuisine sans parvenir à apaiser son dépit. Elle avait les nerfs à vif, la vaisselle s'entrechoquait dans ses mains furieuses tandis que les casseroles s'empilaient de travers sous ses gestes rendus maladroits à force de rage et de furie.

En fin de journée, cependant, elle reprit courage. Pour avoir, elle-même, supporté le despotisme de sa belle-mère durant vingt années, elle savait bien que dès que l'homme franchissait le pas de la porte pour s'en aller à son travail, le pouvoir revenait à la doyenne de la maison. Dieu garde, elle saurait bien faire en sorte que sa bru lui témoigne du respect et de l'obéissance. Elle saurait bien faire en sorte que ses petits lui obéissent au doigt et à l'œil, elle saurait bien rester maîtresse au logis.

Tant qu'elle en aurait la force, elle saurait bien faire régner l'ordre dans sa maison. Tant qu'elle en aurait la force, elle saurait bien faire payer à cette sainte-nitouche tout ce qu'elle, Maria, avait enduré, par sa faute, depuis dix ans : déception, rancune et jalousie.

Elle murmura :

— Faudra bien qu'elle marche droit... sinon gare...

Elle se redressa et poussa son menton en avant :

— Quant à sa portée de bâtards...

Elle descendait lentement l'escalier lorsqu'une idée la pétrifia soudain, une main sur le cœur, le front ruisselant :

— Dieu du ciel ! Il me faudra dès demain faire mettre des bonnes serrures et des bonnes clés à toutes les portes !

En effet, à l'arrivée imminente de Violette qui la faisait frémir de fureur, il fallait ajouter l'anxiété grandissante qui la dévorait depuis qu'elle s'était mise à la recherche du trésor de Pancrace. Nom de pas Dieu, elle savait ce qu'elle faisait ! Elle les avait bien vues de ses yeux et longuement touchées de ses doigts, chacune de ces belles pièces d'or, celles que Pancrace rapportait de Grasse à chaque fin de tous les mois de toutes ces vingt dernières années !

Elle avait commencé à fureter partout dans la maison bien avant le décès et les funérailles de son mari. Elle était déjà passée vingt fois dans chaque pièce, elle avait en vain cent fois enfoncé son bras dans chaque trou, cent fois glissé en vain sa main dans chaque fente et au-dessus et en dessous des armoires, des commodes.

Bien qu'elle soupçonnât Mireille de les lui avoir volées, elle espérait encore s'être trompée. Souvent, elle murmurait :

— La pauvre fille était si bête que, si elle les avait trouvées, l'autre soir, elle s'en serait vantée !

A présent, elle enrageait à l'idée que Violette et ses enfants envahissent sa maison et mettent leur nez partout.

Maria, donc, retourna dans chacune des pièces qu'elle venait de garnir d'un lit. Elle approcha du petit placard creusé dans le mur et l'examina longuement.

Puis elle parcourut des yeux les murs peints à la chaux en recherchant toute aspérité qui troublerait leur surface. Enfin, penchée vers ses pieds, elle fit de même avec les meubles et le sol de tomettes qu'elle inspecta longuement de la main afin d'y découvrir l'indice d'une cachette qui s'y trouverait.

Comme son fils poussait la porte, elle se releva prestement en se disant :

« Ici, tout est lisse et net, mais, cette nuit, je m'en irai encore voir au grenier. »

Larmes au bord des yeux, Violette rassemblait sans entrain les maigres affaires de sa petite famille pour en faire des petits paquets bien ficelés qu'elle entassait, au fur et à mesure, devant la porte de son logis. Bagages pathétiques à force de misère. Bagages que Menfouti emporterait dès le lendemain matin.

Si elle essuyait du poignet les deux gouttes d'eau qui tremblaient sur ses joues, d'autres apparaissaient aussitôt, plus grosses encore et plus têtues.

« Qu'ai-je donc fait au ciel pour qu'il m'en veuille ainsi ! » se demandait-elle.

Rien ne se passait comme elle l'aurait aimé. Durant sa vie tout entière, elle était passée d'un malheur à un autre sans que, jamais, elle ait pu s'en préserver.

Son cœur se glaçait à l'idée de s'en aller vivre chez Maria. Elle était sûre que le malheur, à nouveau, la saisirait dès qu'elle aurait franchi la porte de la ferme du Caillou.

La veille, Nicole lui avait dit :

« Tu pleures encore ? Et pourquoi donc ? Tu en as de la chance ! Vois, tout arrive... Te voilà bientôt la maîtresse de tout. Va, mouche ton nez, j'en connais de plus malheureuses ! »

Mais Violette, elle, pressentait que jamais la fortune de Pancrace ne compenserait les tortures qui l'attendaient. Son expérience lui disait que tout l'or du monde ne suffirait pas à gommer tous les inconvénients d'une vie passée en compagnie d'une femme jalouse.

Après avoir prestement glissé sur ses joues, des larmes, plus pressantes encore, tombèrent sur ses bagages.

Lorsque, le lendemain matin, Menfouti, tout heureux, pénétra dans la maison, il devina les larmes et prit Violette dans ses bras.

— Pourquoi pleures-tu ? Vois, dans cinq mois nous serons mariés... N'es-tu pas contente de venir habiter chez moi ?

Violette renifla et, de guerre lasse, elle acquiesça. Maintenant qu'elle était nichée contre la vaste poitrine de Menfouti, elle reprenait courage.

Elle se disait aussi que ce petit bonheur bien à elle savait parfois se faire si grand qu'il était sans doute normal d'en payer un prix exorbitant.

5

Hélas, Violette avait vu juste. A peine fut-elle installée au Caillou que son calvaire commença.

Le matin, Gilbert emmenait Jeanine et Bruno en camionnette vers le village. Il déposait la fillette à l'école, le jeune homme à la mairie, puis il s'occupait de ses affaires et ne revenait à la maison qu'à l'heure des repas.

Entre ces deux événements, restait aux deux femmes un long temps à passer ensemble, et une longue distance à parcourir dans le même espace : ménage, vaisselle, lessive, soins à donner aux bêtes et au potager et, par-dessus tout, la délicate préparation des repas. Que ce soit dans la cuisine ou dans les chambres, à la basse-cour ou dans la soue, Violette travaillait, Maria la suivait pas à pas.

A chaque geste de l'une, l'autre intervenait, l'œil plein de dédain et la lèvre gonflée d'exaspération.

— Donne-toi la peine de trier, c'est les petites patates qu'il faut donner aux cochons, pas les grosses.

« Tu n'as pas ramassé tous les œufs, il en reste, cherche encore.

« Tu mets trop de sel dans la soupe... Mieux vaut pas assez que trop !

« Tu ne sais rien faire sans gaspiller la moitié des choses !

« Surveille ton feu, sinon les pâtes seront molles.

« La table pègue. Frotte-la encore.

« La vaisselle est mal essuyée. Recommence.

« Gilbert n'a plus rien à se mettre. Tu ne sais ni laver ni repasser, j'aurais honte de mettre ce linge dans l'armoire.

Et pour finir, comme une litanie :

— On a plus vite fait d'apprendre à rien faire que d'apprendre à travailler proprement.

Lorsqu'un repas réunissait toute la famille, Maria persiflait :

— Réchauffe la soupe. Pancrace n'aurait pas toléré de manger froid.

« Il faut nourrir les enfants, pas les gaver comme des oies.

Elle épiait Viviane puis elle disait :

— Je perds l'appétit à la voir manger si salement.

Violette se taisait à grand-peine. Menfouti ne savait plus quelle attitude prendre. Donner raison à l'une en présence de l'autre aurait mis le feu aux poudres pareillement.

La nuit venue, il tentait de consoler Violette de sa tendresse mais il y réussissait de moins en moins souvent.

Au matin, Maria attirait la jeune femme dans une encoignure pour lui chuchoter à l'oreille :

— Cette nuit, je t'ai entendue... T'as bien le feu au derrière, vrai... T'as pas de vergogne, va !

Quant au problème des dépenses du ménage, il était permanent, puisque Gilbert avait eu la mauvaise idée de céder à la demande de sa mère lorsque celle-ci avait exigé de prendre en charge la responsabilité de l'intendance. Lorsque Violette partait au village faire quelques achats, Maria lui confiait quelques pièces en précisant leur destination exacte :

— Voici un franc pour le pain, et deux pour le sucre...

— Il me faudrait deux francs de plus, dit un jour Violette.

— Et pour quoi faire ?

— Pour acheter un ruban pour mettre à mon chapeau.

— Un chapeau garde du soleil même sans ruban.

Quand Violette revenait des courses, Maria lui demandait le prix de chaque chose et vérifiait les comptes sou à sou :

— Il ne reste rien ? On voit bien que c'est pas toi qui gagnes l'argent que tu dépenses...

Mais, comme prévu, le pire arrivait lorsque Maria s'en prenait aux enfants. Ses remarques désobligeantes visaient tout particulièrement les deux filles parce qu'elle se méfiait de l'œil sombre de Bruno :

— Elevées comme elles le sont, elles ne sauront jamais rien faire de propre.

Elle n'attaquait pas la simplicité de Viviane de front, elle biaisait :

— Toi, comme tu ne comprends rien, je ne t'explique rien, lui disait-elle en ricanant.

A la ferme du Puits du Caillou, l'ambiance était détestable. Jeanine geignait tout le long du jour et, la nuit, elle faisait des cauchemars. Elle, d'ordinaire franche et directe, devenait menteuse et fourbe de peur d'une réprimande. Viviane, elle, laissait apparaître des lueurs inquiétantes dans ses prunelles et, souvent, elle mimait des gestes de violence dans le dos de Maria.

Bruno restait silencieux, mais ce silence ne signifiait rien de bon.

Violette et Gilbert ne disposaient plus guère d'instants d'intimité, plus guère de moments d'échanges, que ce soit de paroles ou de tendresse ou bien même de regards. De peur d'être surpris, épiés, entendus, Violette repoussait le désir de Menfouti tandis que, dans le même temps, celui-ci sentait s'émousser ses élans.

De la première à la dernière heure, Violette vivait sa journée, nerveuse, inquiète, à cran.

Un mois plus tard, à bout de patience, à bout de force, à la suite d'une vétille, elle se rebella brusquement :

— Vous m'emmerdez, osa-t-elle dire à Maria.

Puis elle monta à l'étage et rassembla quelques-unes de ses affaires ainsi que les quelques vêtements de ses enfants.

Maria la laissa faire en pensant :

« Va, va, ma belle ! Va, retourne chez toi. Ça, jamais Gilbert ne te le pardonnera ! »

Lorsqu'elle eut fini de faire son bagage, Violette et ses trois enfants se dirigèrent vers la maison d'un voisin à qui, sans révéler le fin mot de l'affaire, Violette demanda :

— Mon bon François, peux-tu nous conduire au cabanon de Gasparine ? Elle est souffrante, elle a demandé à nous voir.

Lorsque, peu après, la brave femme leur ouvrit sa porte, Violette se jeta dans ses bras en pleurant.

Le soir même, lorsque Gilbert vint taper à la porte du cabanon, Gasparine le fit entrer, mais Violette resta dans le fond de la pièce, froide et distante.

Il n'en revint pas moins tous les jours des deux semaines suivantes. Ses yeux disaient toute sa peine, mais jamais Violette ne le consola.

6

Un mois était passé. Arriva l'heure du bilan du drame de Malpasset.

Le nombre officiel était de 423 victimes dont 135 enfants de moins de quinze ans.

Comme si cela ne suffisait pas, en lisant ce chiffre, beaucoup haussèrent les épaules :

— C'est sans compter tous ceux qu'on a pas retrouvés...

— Tous ceux qu'on a pas voulu compter...

— Tous les travailleurs clandestins...

Il y en avait effectivement beaucoup. Beaucoup de Sénégalais et aussi quelques-uns de tous les Arabes qu'on était allé chercher par pleins bateaux en Algérie, plus précisément à Orléansville, sinistrée par un terrible tremblement de terre en 1955 — et qui, depuis, travaillaient sur le chantier de l'autoroute et dans les usines des environs.

Près de 1 500 hectares de terres cultivées avaient été dévastés, près de 1 000 habitations sinistrées dont la moitié complètement détruites, près de 200 familles se retrouvaient plus ou moins lourdement endeuillées.

Sans parler de la voie ferrée arrachée, des routes emportées, des bêtes noyées, des récoltes perdues, du matériel agricole enterré et des 500 véhicules laminés par la vague.

Sans parler de tous les blessés de corps ou d'esprit qui ne pourraient jamais retrouver leur sérénité d'autrefois.

De longues années de travaux et de recherches sérieuses furent nécessaires pour parvenir à déterminer les causes du drame ainsi que les responsabilités de chacun.

Six ans plus tard, deux comités d'experts au plus haut niveau rendirent leurs conclusions.

Les deux rapports parleront de présence de « sous-pressions », phénomène rare qui a pour conséquence le décollement puis le soulèvement du barrage hors de ses assises.

« A Malpasset, la nature avait préparé un véritable piège », dirent les journaux en conclusion.

A la question essentielle :

« Le géologue pouvait-il, au cours des travaux de reconnaissance, prévoir la prochaine accumulation de ces sous-pressions et donc empêcher le drame ? », le premier rapport répond ceci :

« Les différents sondages exécutés après l'accident ont permis de reconnaître dans tout le site le prolongement d'une faille qui passait à une dizaine de mètres sous la partie centrale du barrage [...] on a pu déceler, après coup, la présence de films de mylonite de gneiss [...] qui constituent le terrain de base sur lequel le barrage a été ancré. Or, au moment de la construction du barrage, on ignorait que la mylonite était une roche broyée pouvant permettre à l'eau de s'infiltrer. L'eau en grande quantité, en la pénétrant, aurait aidé à soulever le barrage. Il aurait été extrêmement difficile au cours des reconnaissances comportant des sondages, et même des galeries, de les déceler. »

Le second rapport allait dans le même sens :

« Afin de mieux saisir pourquoi les propriétés particulières de la perméabilité du gneiss de Malpasset peuvent être considérées comme déterminantes de la rupture [...] il faut dire que ces variations de perméabilité ont rendu étanche la zone des appuis comprimés de la voûte. L'écran ainsi formé s'est comporté comme un véritable barrage souterrain à l'aval de l'ouvrage qui a pratiquement été soumis à la pleine charge de la retenue et ce surcroît d'efforts s'est révélé incompatible avec la bonne tenue de l'appui. »

Le géologue qui avait fait les études préliminaires s'expliquera ainsi :

« [...] un sondage a été poussé dans le substratum, à 19,30 mètres au sein de la roche homogène, des injections de ciment ont colmaté les fissures et des précautions particulières ont été prises sur la rive orientale : voûte de rayon plus court et mur en aile. »

Un autre expert en géologie conclut son rapport ainsi :

« Le rocher, quoique médiocre, était cependant capable de supporter les pressions imposées par l'ouvrage. »

L'arrêt définitif rendu par la Cour de cassation en date du 7 décembre 1967 dira ceci :

« Aucune faute, à aucun stade, n'a été commise. »

La compétence et la conscience de l'architecte (décédé six mois après le drame), ainsi que celle du géologue, seront mises hors de cause.

Dans les villages, la vox populi n'en continua pas moins à incriminer soit le mur trop mince, soit les tirs de mine, soit les entreprises et bien d'autres choses encore...

On n'en continua pas moins à dire que le promoteur s'était suicidé parce qu'il se sentait responsable de la rupture de son magnifique ouvrage.

En 1966, dans une étude qui a pour titre : « La rupture des grands barrages », un éminent professeur se pencha, entre autres, sur la rupture de Malpasset. On peut lire à ce sujet :

« Tout d'abord, il faut éliminer toutes suspicions sur l'ouvrage tant du point de vue de sa conception que des circonstances de sa construction [...] ainsi que toutes suspicions concernant les vibrations qui eussent été provoquées par les tirs de mine ayant eu lieu à une centaine de mètres du barrage.

« La catastrophe était, sans discussion possible, la conséquence d'une mauvaise qualité du rocher. Une étude préliminaire avait été faite et bien faite. Mais, à partir de là, la construction de l'ouvrage se déroula sous le signe de l'économie. Les travaux de recherche sur la solidité des assises par sondage ne furent jamais exécutés. [...] A cela s'ajouta une absence pratiquement totale de surveillance géologique au cours de la construction.

[...]

« Incontestablement, le phénomène de sous-pression a joué, nul n'en doute, mais il est une règle impérative qui dit que les barrages-voûtes minces ne peuvent être envisagés que sur un rocher de qualité exceptionnelle.

« Ces faits acquis, il faut remarquer que les accidents d'une telle ampleur ne se produisent généralement que lorsque jouent simultanément un ensemble de facteurs dont les effets s'ajoutent.

« Or, à Malpasset, le sort s'est vraiment acharné sur ce malheureux ouvrage.

« En premier lieu, cette réserve créée sur un torrent qui n'a pas d'eau pendant une partie de l'année ne nécessita pas, comme cela est d'usage, de détourner son cours pendant les travaux. Opération qui est réalisée d'ordinaire en creusant un tunnel provisoire pour faire s'écouler l'eau par une voie latérale. Un tel tunnel aurait recoupé une faille qui joua un rôle primordial dans la rupture ainsi que l'ont montré les travaux exécutés au cours de l'enquête.

« Qui plus est, le même régime sec du Reyran retarda considérablement le remplissage de l'ouvrage, ce qui rendit impossibles les essais traditionnels avec remplissages partiels à des niveaux croissants, suivis de vidange et accompagnés de mesures systématiques de déformation. Une seule mesure fut faite au cours de l'été précédent et montra un déplacement de 15 mm dont on ne tira aucune conséquence.

« Enfin, sur un plan administratif, seuls les ouvrages destinés à la production de force motrice étaient soumis au contrôle d'une commission spéciale composée d'ingénieurs qualifiés, les autres, dont celui de Malpasset, destinés à l'irrigation, n'étaient soumis qu'au contrôle du Service départemental des Ponts et Chaussées. »

Bien qu'il n'ait jamais lu ce rapport, Zé, le berger, ne manquait pas une occasion de répéter :

— Je le disais bien, moi, qu'il ne fallait pas aller se mettre à Malpasset !

7

Le mois de mai venu, Violette refusa d'épouser Menfouti.

Elle disait à Gasparine :

— Me marier, je ne dirais pas non, mais vivre dans la même maison que Maria, jamaï !

Arriva alors un bel été.

Lorsque, au mois de mai 1960, Roger Ferblanc fit son arrivée à Callian, un long frisson curieux parcourut les ruelles de haut en bas du village.

Roger Ferblanc installa sa voiture et sa caravane au beau milieu de la place Saint-Antoine puis, laissant là femme et enfants, il avança le long de l'église pour aller prendre place à la terrasse des Marronniers.

— Je cherche une maison qui serait à vendre, demanda-t-il à l'homme qui le servait.

La chose était si étonnante à cette époque que le malheureux garçon de café en resta coi.

Un mois plus tard, Roger Ferblanc achetait une vieille bastide, voisine de la ferme du Puits du Caillou, une belle et grande bâtisse entourée d'une terre abandonnée depuis longtemps.

Bien sûr, dans cette maison trois fois séculaire, il n'existait aucun confort, sinon ses murs de pierres d'un mètre d'épaisseur et les belles couronnes des mûriers sur le devant de sa porte, confort incomparable que l'on peut apprécier les jours de canicule comme aux petits matins frisquets de décembre.

Mais Roger Ferblanc, hélas, venait de la ville et, qui plus est, d'une quelconque cité située bien au-dessus de la ligne qui va de Bordeaux à Lyon. Ligne virtuelle qui — tout le monde le sait — sépare les Provençaux des gens qui parlent pointu.

Roger Ferblanc, donc, ne sut constater que deux choses, deux choses totalement et pareillement intolérables : primo, l'eau, rare, devait se prendre au puits ou à la source, secundo, on ne pouvait s'éclairer qu'à l'aide d'une bougie ou d'une lampe à pétrole.

En résultat de ce navrant constat, après avoir installé sa caravane sur le devant de la vieille ferme, il se mit aussitôt en quête d'artisans capables de faire de cette « baraque » — ainsi qu'il l'appelait — un palais moderne à la mesure de sa prétention.

Cependant, chaque dimanche matin, bon père, Roger Ferblanc descendait en voiture jusqu'au bord de mer afin de permettre à sa famille de passer la journée sur la plage. Et ce fut, sans doute, par lassitude de devoir faire le long chemin qui va de Callian jusqu'à Saint-Aygulf que Roger Ferblanc décida un beau jour de faire réaliser une piscine qui ravirait sa femme et ses enfants.

Bien vite, au village, on ne parla plus que de la construction imminente de ce bassin qui servirait non pas à laver le linge, pas plus à irriguer le jardin, mais seulement à baigner des gens.

Roger Ferblanc, qui n'entendit pas ces commentaires, loua donc les services d'un terrassier qui, aussitôt, se mit à creuser le sol à cinquante mètres de la maison.

Comme à la fin de chaque printemps, une herbe drue nourrie d'un tapis de ronces recouvrait l'endroit.

Ce ne fut pas au deuxième ni au troisième coup de pelle mécanique que la chose extraordinaire arriva.

Les dents de l'engin de ferraille soulevaient à peine la première bouchée de terre encombrée de broussailles que déjà l'ouvrier sautait de son siège et s'enfuyait à toutes jambes.

Un autre, qui badait à côté de l'engin, s'approcha alors de la mâchoire suspendue au-dessus du trou pour y découvrir un crâne et des os désarticulés et puis aussi des fripes en charpie mélangés, pêle-mêle, à des mottes d'herbes et à des racines blanchâtres.

Bien que le spectacle fût atroce, celui-ci resta de marbre :

— Boudiéu... quelle affaire... marmonna-t-il tout de même.

Puis, regardant de plus près les restes macabres :

— Eh bé... En voilà un qui ne pourra plus dire qui l'a rangé là...

Les gendarmes maintenaient avec peine les curieux accourus promptement du voisinage Assis sous un olivier, les ouvriers terrassiers parlementaient pour tuer le temps. A quelques pas derrière la foule, Roger Ferblanc tempêtait inlassablement :

— Enlevez donc ce macchabée de chez moi et qu'on se remette au travail ! Je perds une fortune à chaque seconde avec ce tas de fainéants qui se croisent les bras !

Quelqu'un dit :

— On croirait entendre Pancrace !

Le brigadier qui dirigeait les opérations fit longtemps semblant de ne pas entendre les protestations de Roger Ferblanc, puis il gueula enfin :

— C'est bien à vous cette campagne. Vouïe ? Eh bien, le mort, il est à vous, pareillement ! Alors, il faudra bien que vous m'expliquiez qui c'est et puis aussi pourquoi il s'est trucidé et comment il a fait pour s'enterrer là !

De stupeur, Roger Ferblanc laissa tomber ses bras.

Le terrassier, à présent très fier d'être à l'origine de la stupéfiante découverte, répétait à tout le monde :

— Vé, un vrai fainéant, celui qui a fait ce travail ! Le mort n'était pas à plus de cinquante centimètres sous terre... Fan ! Un coup de pelle a suffi !

Dans la foule, un nom circulait déjà.

Soudain, Monique tendit un doigt tremblant vers les restes que les gendarmes empilaient dans un vieux drap :

— Vé, vé, le foulard !

Tout le monde s'exclama en même temps.

— C'est Mireille ! lança une voix plus forte que les autres.

Et un grand silence s'installa.

Le lendemain, on apprit que la victime était effectivement une femme et qu'elle avait reçu un bon coup sur la tête, un coup suffisamment violent pour provoquer une mort immédiate.

— Ce pastisson, elle ne se l'est pas donné toute seule, dit Louis en rigolant.

Il s'agissait bien d'un meurtre, restait à découvrir le coupable.

Lorsque le bulldozer put reprendre son travail, il donna un coup de pelle juste à côté du premier, un vélomoteur apparut. Le doute n'était plus possible. C'était bien Mireille qui avait été assassinée et ensevelie à cet endroit.

Beaucoup dirent :

— Ça arrangeait bien trop de monde de prétendre que c'était Malpasset qui l'avait fait disparaître...

Chacun se mit à chercher le ou la coupable. Hélas, le temps avait passé sur les mémoires. L'accord se fit sur un seul point : la personne qui détestait le plus Mireille était, bien entendu, Violette.

Et puis aussi Maria.

— Et puis encore son ex-mari, Jean-Pierre, se souvint Yves. Un soir, au Petit Vatel, je l'ai entendu dire qu'il lui trouerait bien volontiers la peau vu qu'elle lui faisait honte devant tout le monde...

Tout le village savait cela.

Restait à savoir ce que chacun dirait aux gendarmes.

8

Le brigadier commandant la gendarmerie de Fayence s'installa dans le bureau du maire à la mairie de Callian. Puis il entama aussitôt les interrogatoires.

Quelques personnes allèrent témoigner spontanément. D'autres furent appelées et traînèrent les pieds pour se rendre, à l'heure dite, à leur convocation.

Maria fut de ceux-là.

Elle se présenta vêtue de noir des pieds à la tête, quelques bijoux agrafés ici et là pour bien marquer qu'elle ne manquait de rien et qu'il ne fallait pas la confondre avec le commun des habitants du village.

Très froide, très calme, elle prit place sur une chaise et commença :

— Bien sûr que Mireille travaillait chez moi, ça, chacun vous le dira. Il me fallait bien une forte femme pour porter mon pauvre mari qui ne se tenait plus sur ses jambes. Mais la nuit où Malpasset a cassé, Mireille n'est pas revenue à la maison. Je l'ai attendue jusqu'à point d'heure en regardant la télévision. Alors, quand la lumière s'est éteinte, je suis allée me coucher comme tout le monde. Le lendemain, comme elle n'était toujours pas rentrée, je l'ai cherchée partout au village, j'ai même téléphoné à sa mère à Bagnols, j'ai remué la terre entière... C'est qu'elle me faisait manque pour s'occuper de mon pauvre Pancrace !

« Ah ! je peux vous dire qu'elle m'a bien fait défaut pour m'aider à faire sa dernière toilette et puis aussi tout le long du jour de ses funérailles, continua-t-elle. Vrai... Je l'ai regrettée, allez ! Pauvre femme...

« Qui l'a tuée ? ajouta-t-elle encore, je m'en vais vous le dire : c'est Violette Mattéi. Elle et Mireille ne pouvaient pas se voir. La garce a dû faire son coup pendant la nuit, pendant que je dormais dans ma chambre...

Nonobstant cette attaque directe, après avoir entendu les témoignages de la moitié du village, à la fin de la semaine, la conviction du brigadier était faite :

La personne qui avait assassiné Mireille était Maria.

Sa certitude se basait sur plusieurs faits incontestables :

Le crime avait vraisemblablement eu lieu dans la triste nuit du 2 décembre 1959. Etant donné le peu de profondeur à laquelle se trouvait le corps, il semblait bien que le crime ait été commis par une femme sans doute peu vigoureuse bien que soutenue par une froide volonté de ne pas se laisser prendre. En outre, le corps de Mireille avait été enterré à quelques mètres de la ferme du Puits du Caillou. Enfin et surtout, tous les témoignages confirmaient que Maria et Mireille étaient en guerre et s'injuriaient publiquement peu avant la disparition de celle-ci.

— Elles se traitaient de voleuse chacune à leur tour. Mireille disait qu'elle ne partirait pas du Caillou tant que Maria ne lui aurait pas payé ses gages... Maria disait que Mireille volait dans les armoires...

L'amour de Menfouti pour Violette, la haine qui opposait Violette à Mireille et puis encore la scène du lavoir n'apparaissaient dans aucun procès-verbal.

Mais lorsque Maria fut convoquée pour la deuxième fois et que le brigadier lui annonça qu'elle était suspectée d'assassinat, elle se démena comme un beau diable :

— Et pourquoi donc que je l'aurais tuée, moi, cette pauvre fille ? Les gens disent n'importe quoi... Bien sûr que je lui avais payé ses gages, je les lui ai donnés la veille du 2 décembre, le premier du mois, comme il se doit... Elle m'avait promis de revenir le soir même pour prendre soin de Pancrace.

« Vé, pour m'en débarrasser, je n'avais qu'à la mettre à la porte de chez moi ! Elle ne méritait pas que je me donne la peine de l'estourbir et de l'enterrer et patati et patata !

« Allez donc voir plutôt du côté de Violette... Est-ce qu'on vous a dit qu'elle et Mireille se sont battues au lavoir juste avant que cette pauvre femme disparaisse ? Est-ce qu'on vous a dit qu'elles s'injuriaient dans la rue comme des filles de rien et cela depuis bientôt dix ans ?

« Perqué ? Perqué toutes les deux étaient amoureuses de mon fils, finit-elle en redressant le menton. Parce que mon fils est unique et que nous avons du bien et de la terre... Elles se le disputaient comme deux folles, ces deux bagasses. Vé, un jour, il s'en était fallu de peu qu'elles s'estripent devant tout le monde...

Maria reprit sa respiration :

— Voilà pourquoi je me suis pensé que ce serait bien Violette qui aurait fait le coup. Pour avoir mon fils et prendre la place de Mireille à la maison. La preuve, c'est que ça s'est bien passé comme ça, à peine Mireille avait disparu que Violette venait habiter chez nous avec ses trois bâtards...

Elle eut un regard terrible :

— Mais, comme je n'en voulais pas, je lui ai mené la vie dure jusqu'à ce qu'elle s'en aille.

Elle se pencha vers le brigadier comme pour lui faire une confidence :

— Vous savez, monsieur, nous autres, on a du bien... on aurait pu choisir notre bru parmi les filles les plus riches du canton. Ah, ça, je peux le dire. Mon pauvre mari ne voulait pas d'une pauvre miséreuse... qui avait déjà bien vécu, vous pouvez m'en croire... et qui nous donnait la honte par la faute de ses enfants ! Vous ne le savez peut-être pas, mais l'aînée est imbécile, et le second pourri jusque dedans les os de sa jambe...

Le brigadier convoqua alors Menfouti et Violette pour la deuxième fois. Autant leur premier interrogatoire avait été de convenance, autant celui-ci fut complet et dura longtemps.

Lorsqu'on lui demanda son emploi du temps du soir du 2 décembre, Violette avoua bravement être restée un long moment dans la cabane de Malpasset en compagnie de Menfouti, puis elle expliqua avoir passé le reste de la nuit à consoler Gasparine de la disparition de Fabrizio.

— Je suis revenue au village au petit jour, René Buralli, ma voisine Nicole et mes enfants vous le diront.

En apprenant que sa mère était soupçonnée d'être l'auteur du meurtre, Menfouti s'emballa et la défendit de toutes ses forces :

— Ma mère n'a jamais soulevé une pelle ou un pic de toute sa vie, c'est moi qui le faisait quand c'était besoin. Elle est trop vieille, trop faible pour remuer de la terre. Pensez un peu... Elle n'en aurait pas eu la force ! Tuer Mireille ? et pourquoi donc qu'elle aurait fait ça ?

Ensuite, concernant son emploi du temps, sans doute tout autant par pudeur que par souci de ménager l'honneur de Violette, Menfouti oublia de mentionner le temps passé à faire l'amour dans la cabane de Malpasset. Il dit seulement :

— Le soir, il faisait sombre depuis longtemps, il devait être neuf heures... j'ai été voir Gasparine avec Violette. J'y suis resté toute la nuit et je ne suis revenu chez moi qu'au petit matin.

— Ah bon ? C'est donc tout ce que vous avez fait cette nuit-là ? s'étonna le gendarme.

Menfouti perdit pied immédiatement. Il bafouilla :

— Oui, oui...

— Vous n'êtes donc pas allé dans la cabane qui se trouve au lieu-dit Malpasset, en amont du barrage ?

Il leva son nez en signe d'étonnement :

— Violette Mattéi a donc menti...

Le brigadier se leva de sa chaise avant de finir d'une voix terrible :

— Et... si elle a menti, c'est qu'elle nous cache quelque chose d'important !

— Non, non, c'est moi, se reprit maladroitement Menfouti, nous y sommes allés, vrai, elle a dit vrai, elle a raison !

— Pourquoi alors ne pas l'avoir mentionné immédiatement ? Il y en a un de vous deux qui ment. Si ce n'est pas vous, c'est Violette !

Et comme Menfouti restait coi, le brigadier conclut solennellement :

— Etant donné l'endroit où s'est passé le drame, étant donné aussi la petite taille et la fragile constitution de Violette Mattéi, je crois plutôt que c'est vous qui avez tué et, par conséquent, que c'est elle qui a menti... Elle a inventé l'histoire de la cabane pour vous donner un alibi.

Menfouti protesta de toutes ses forces. Le brigadier ne semblait pas l'écouter. Indifférent, il mettait de l'ordre dans son dossier comme si, désormais, l'affaire était close. Enfin, il interrompit Menfouti pour annoncer d'une voix grave :

— Voici comment se sont passées les choses : le soir du 2 décembre, alors que vous partez rejoindre Violette, vous rencontrez Mireille aux alentours de votre maison. Vous lui dites de partir de chez vous parce que vous allez vous marier avec Violette et que vous aimeriez faire venir celle-ci, dès à présent, dans votre maison. Mireille, jalouse, refuse, alors vous vous disputez... Ensuite, pour la faire taire ou par colère, vous lui donnez un bon coup de bâton sur la tête et puis l'enterrez avec son Solex, vite, vite, parce que Violette Mattéi vous attend !

Menfouti était atterré.

Le brigadier compulsa une nouvelle fois ses notes :

— Pour preuve, je peux vous dire que Gasparine a certifié que vous êtes arrivés chez elle bien après la rupture du barrage.

— Bien sûr, puisque avant on était dans la cabane ! gronda Menfouti.

— Ah bon, vous y étiez à présent ?

— Bien sûr qu'on y était...

Menfouti rougit et se troubla à nouveau. Ensuite, il eut le tort de tenter de se défendre d'une autre façon :

— Et pourquoi donc j'aurais tué Mireille ? M'en foutais bien !

— Je vous l'ai dit : parce que vous vouliez faire rentrer votre amie à sa place dans votre maison.

— C'est pas vrai, c'est ma mère qui avait demandé Violette... pour s'occuper de tout et patati et patata !

— Ah bon ? Je ne l'ai pas entendue dire cela. Votre mère a déclaré qu'elle ne voulait pas de Violette chez elle et que c'est vous qui l'avez imposée de force. Elle a dit aussi qu'elle a tout fait pour que votre amie s'en aille.

Pris au piège de la fourberie maternelle, Menfouti se débattit encore puis s'effondra d'un seul coup.

— La chose est simple, ajouta le brigadier, à ce moment de l'enquête, de coupables possibles, je n'en vois que deux : Violette Mattéi ou bien vous-même.

— C'est pas Violette ! hurla Menfouti.

Le soir même, le malheureux couchait à la prison.

Dès le petit matin du lendemain, deux femmes prirent le chemin qui menait à la gendarmerie située, à cette époque, au bas du village de Fayence.

Violette arriva la première et s'assit sur un muret qui se trouvait à quelques pas de la porte. Maria arriva peu après et resta debout, le dos rivé à la même porte.

Jamais au monde il n'y eut de sentinelle plus redoutable que celle-là.

Violette pleurait.

Une suite ininterrompue d'éclairs jaillissait des yeux de Maria.

Le scandale commença dès que le brigadier approcha du lieu de son travail.

Maria accourut vers lui et hurla tout en désignant Violette du doigt :

— C'est elle qui a tué, c'est pas mon garçon ! Rendez-le-moi !

Et comme le brigadier la priait rudement de se taire :

— Me taire ? Moi ? Mais qu'est-ce que j'entends ? Qu'est-ce qu'elle me dit, cette bordille de gendarme ? Que je me taise... que je le laisse dire des mensonges et des couillonnades alors que cette putanasse est libre et que mon petit est en prison ?

Comme les éclats de leurs voix s'entendaient jusqu'à l'ancienne gare, le brigadier fit entrer Maria dans son bureau.

Maria résista toute la matinée, accusant Violette de tous les crimes, de tous les délits, de toutes les bassesses, de toutes les barbaries... Elle fut méchante, sordide, menteuse, les sept péchés capitaux trouvèrent leur compte dans ses déclarations.

Le brigadier tint bon :

— Puisque je vous dis que votre fils a avoué, mentait-il sans cesse.

Sans cesse, Maria démentait, hurlait injures et imprécations.

A l'extérieur, Violette faisait les cent pas.

Dans la forêt proche, les dernières cigales chantaient à pleine voix.

Le temps passait.

Maria répétait toujours la même chose :

— C'est Violette qu'a tué, pas mon garçon.

Depuis sa cellule, Menfouti entendait tout ce qui se disait de l'autre côté de la cloison.

Il y avait longtemps, très longtemps, qu'il savait le nom du coupable.

Il l'avait deviné dès le lendemain de la disparition de Mireille.

Mais s'il comprenait comment l'amour filial avait pu lui donner la force de taire la vérité, il se demandait si c'était bien l'amour maternel qui pouvait conduire à tant de haine et à tant de déraison.

Devant l'obstination sans faille du brigadier, quatre jours plus tard, Maria cédait enfin et avouait avoir tué Mireille le soir du 2 décembre.

Menfouti sortit de prison la veille de la fête de la Saint-Donat.

Cela faisait exactement dix ans qu'il s'était pris d'amour pour Violette.

Tous deux se marièrent quinze jours plus tard.

Épilogue

Lorsque Gasparine finit son histoire, la nuit descendue avait fait taire les cigales.

Je lui demandai :

— Et que sont devenus Menfouti et Violette ?

Elle sourit puis elle tendit un doigt vers le hameau de la Carpénée où, dans un bouquet de figuiers, se dressait une superbe maison.

— Ils sont là. Un an après leur mariage, Menfouti a vendu la ferme du Puits du Caillou parce que Violette ne s'y plaisait pas. Elle se plaignait tout le temps. Elle disait qu'à chaque pas qu'elle faisait, à chaque porte qui s'ouvrait, elle croyait voir apparaître Mireille ou Maria...

Gasparine rit doucement :

— Sûr, pauvrette... C'est alors que Menfouti s'est souvenu que la maison de la Carpénée était à lui vu qu'il en avait hérité avec tout le reste à la mort de Pancrace.

Le visage de Gasparine s'illumina.

— Pensez un peu, notre maison, la maison de mes parents ! Celle où Fabrizio aurait tant voulu mourir, celle dont il parlait tout le temps ! C'était aussi la maison où Violette avait passé toute son enfance et ça compte beaucoup de revenir vivre à l'endroit où l'on a été heureux pour la première fois...

Un instant, Gasparine s'attrista.

— Jamais je n'aurais pensé y revenir. Fabrizio disait souvent en la regardant : « Celle-là de maison, elle durera mille ans. »

Gasparine essuya une larme :

— J'habite avec eux depuis cinq ans. Viviane, pauvrette, est montée au ciel le jour de ses vingt-trois ans. Bruno s'est fait apiculteur, il a des ruches partout dans les vallons. Il s'est marié l'an passé. Jeanine va au lycée, elle est pensionnaire à Draguignan. Quant à Violette, je ne connais pas de femme plus heureuse. Elle chante du matin au soir. Allez, va, elle l'a bien mérité, son bonheur. Après la pluie vient le beau temps...

Gasparine se tut un instant :

— Maria n'est jamais allée en prison... elle avait perdu la tête, elle est morte à l'hôpital des fous. Pauvres malheureux, ceux qui l'ont soignée. Boudiéu... elle a dû leur en faire voir !

Elle resta un instant songeuse, puis soudain elle se mit à rire doucement :

— Mais savez-vous la plus belle ? Quand Menfouti et Violette ont déménagé leurs meubles pour venir s'installer à la Carpénée, ils ont dû bouger une vieille armoire haute comme un arbre et qui tenait à peine debout sur ses pieds bancals. Et, sur le haut de cette armoire, bien calé contre la corniche, ils ont trouvé un long morceau de roseau plein de poussière et lourd comme toute la misère du monde...

Elle cligna de l'œil :

— L'intérieur du roseau avait été soigneusement gratté, nettoyé et rempli de pièces d'or ! Toutes celles que le vieux Pancrace y avait enfilées par un bout, les unes après les autres, des années et des années durant... Le trésor ! Maria ne s'était pas trompée, il existait bien... mais, sans le caprice de Violette et sans ce déménagement, personne ne serait allé le chercher à cet endroit !

Gasparine reprit alors d'une voix plus tranquille :

— Quant à Menfouti, c'est toujours une pâte d'homme. A présent, Violette le mène par le bout du nez, mais il est content. Violette et lui travaillent toute la journée. Je reste seule mais je ne m'ennuie pas. Il n'y a que Fabrizio qui me manque.

De son bras étendu, elle balaya l'Esterel de l'est à l'ouest et souffla :

— Il est quelque part par là.

TABLE DES MATIÈRES

Bibliographie

La Tragédie de Malpasset, Olivier Donat.
Malpasset, Marcel Foucou.
A Fréjus ce soir-là, édité chez Julliard sous la direction de Gaston Bonheur. Livre conçu et écrit par Jean Mezerette, Gaston Bonheur, Georges Menant, Odette Valeri, Maurice Croizard, Georges Pernoud.

Les journaux

Jour de France du 12 décembre 1959.
Nice-Matin
Le Petit Niçois

Document de Télévision INA Entreprise

« La tragédie de Malpasset », production de « La cuisine aux images » de Véronique Lhorme et Marc Nardino.

INTERNET

Document sans titre
http://www.alain-rempfer.com/EsTexte5.html

Rapport du professeur Roubault
http://membres.lycos.fr/vitosweb/images/malpasset/roubault.htm

Barrage de Malpasset
http://membres.lycos.fr/vitosweb/images/malpasset/barrage.htm

Remerciements

Thérèse Amalti
Maryse Auguet
Gérard Autran
Fernand Beuf
Charlotte Bienaimé
Yves et Yvonne Billaudel
Théo Botden
Marcel Brissi
René et Bernard Buralli
Mimi Cavallo
Jeanine et Emile Coulomb
Olivier Donat
Jeanine Duclos-Ferron
Gérard Ferro, fils du gardien de Malpasset et rescapé du désastre
Marcel Foucou
Violette Froment
Roger Gebelin
Monique Le Bihan
Gabrielle Leymarie
Castiglia Martinelli
Madame Noël

Gilbert Panichi
Roger et Paulette Pélassy
Louis Rebuffel
Eugénie Régnier
Lucienne Rostagno
Edmond Rue
Mme et M. Sevos
Elie Stalenq
Dick et Denise Van der Ben

... pour m'avoir raconté le passé, pour m'avoir prêté des photos ou des documents et pour avoir répondu à mes nombreuses questions.

Annie Bruel : e-mail : ninou-bruel@wanadoo.fr

PRODUCTION JEANNINE BALLAND

Romans « Terres de France »

Jean Anglade
Un parrain de cendre
Le Jardin de Mercure
Y a pas d'bon Dieu
La Soupe à la fourchette
Un lit d'aubépine
La Maîtresse au piquet
Le Saintier
Le Grillon vert
La Fille aux orages
Un souper de neige
Les Puysatiers
Dans le secret des roseaux
La Rose et le Lilas
Sylvie Anne
Mélie de Sept-Vents
Le Secret des chênes
La Couze
Ciel d'orage sur Donzenac
La Maîtresse du corroyeur
Un horloger bien tranquille
Jean-Jacques Antier
Autant en apporte la mer
Marie-Paul Armand
Le Vent de la haine
La Poussière des corons
La Courée
tome I *La Courée*
tome II *Louise*
tome III *Benoît*
La Maîtresse d'école
La Cense aux alouettes
Nouvelles du Nord
L'Enfance perdue
Un bouquet de dentelle
Au bonheur du matin
Victor Bastien
Retour au Letsing
Françoise Bourdon
La Forge au Loup
La Cour aux paons
Le Bois de lune
Annie Bruel
La Colline des contrebandiers
Le Mas des oliviers
Les Géants de pierre
Marie-Marseille
Jean du Casteloun
Michel Caffier
Le Hameau des mirabelliers
La Péniche Saint-Nicolas
Les Enfants du Flot
Jean-Pierre Chabrol
La Banquise
Alice Collignon
Un parfum de cuir
Didier Cornaille
Les Labours d'hiver
Les Terres abandonnées
La Croix de Fourche
Etrangers à la terre
L'Héritage de Ludovic Grollier
L'Alambic
Georges Coulonges
Les Terres gelées
La Fête des écoles
La Madelon de l'an 40
L'Enfant sous les étoiles
Les Flammes de la Liberté
Ma communale avait raison
Les blés deviennent paille
L'Eté du grand bonheur
Des amants de porcelaine
Le Pays des tomates plates
La Terre et le Moulin
Les Sabots de Paris
Yves Courrière
Les Aubarède

Anne Courtillé
Les Dames de Clermont
Florine
Dieu le veult
Les Messieurs de Clermont
L'Arbre des dames
Le Secret du chat-huant
Paul Couturiau
En passant par la Lorraine
Annie Degroote
La Kermesse du diable
Le Cœur en Flandre
L'Oubliée de Salperwick
Les Filles du Houtland
Le Moulin de la Dérobade
Les Silences du maître drapier
Le Colporteur d'étoiles
Alain Dubos
Les Seigneurs de la haute lande
La Palombe noire
La Sève et la Cendre
Le Secret du docteur Lescat
Marie-Bernadette Dupuy
L'Orpheline du bois des Loups
Elise Fischer
Trois Reines pour une couronne
Les Alliances de cristal
Laurence Fritsch
La Faïencière de Saint-Jean
Alain Gandy
Adieu capitaine
Un sombre été à Chaluzac
L'Enigme de Ravejouls
Les Frères Delgayroux
Les Corneilles de Toulonjac
L'Affaire Combes
Les Polonaises de Cransac
Le Nœud d'anguilles
Gérard Georges
La Promesse d'un jour d'été
Michel Hérubel
La Maison Gelder
La Falaise bleue
Tempête sur Ouessant
Le Démon des brumes
Denis Humbert
La Malvialle
Un si joli village
La Rouvraie
La Dent du loup
L'Arbre à poules
Les Demi-Frères
La Dernière Vague
Yves Jacob
Marie sans terre
Hervé Jaouen
Que ma terre demeure
Jean-Pierre Leclerc
Les Années de pierre
La Rouge Batelière
Hélène Legrais
Le Destin des jumeaux Fabrègues
Louis-Jacques Liandier
Les Gens de Bois-sur-Lyre
Les Racines de l'espérance
Jean-Paul Malaval
Le Domaine de Rocheveyre
Les Vignerons de Chantegrêle
Jours de colère à Malpertuis
Quai des Chartrons
Les Compagnons de Maletaverne
Le Carnaval des loups
Dominique Marny
A l'ombre des amandiers
La Rose des Vents
Louis Muron
Le Chant des canuts
Henry Noullet
La Falourde
La Destalounade
Bonencontre
Le Destin de Bérengère Fayol
Le Mensonge d'Adeline
L'Evadé de Salvetat
Michel Peyramaure
Un château rose en Corrèze
Les Grandes Falaises
Frédéric Pons
Les Troupeaux du diable
Les Soleils de l'Adour

Jean Siccardi
Le Bois des Malines
Les Roses rouges de décembre
Le Bâtisseur de chapelles
Le Moulin de Siagne
Jean-Michel Thibaux
La Bastide blanche
Le Secret de Magali
La Fille de la garrigue
Le Roman de Cléopâtre
La Colère du mistral
L'Homme qui habillait les mariées
La Gasparine
L'Or des collines
Jean-Max Tixier
Le Crime des Hautes Terres
La Fiancée du santonnier
Le Maître des roseaux
Brigitte Varel
Un village pourtant si tranquille
Les Yeux de Manon
Emma
L'Enfant traqué
Le Chemin de Jean
L'Enfant du Trièves
Le Déshonneur d'un père
Colette Vlérick
La Fille du goémonier
Le Brodeur de Pont-l'Abbé
La Marée du soir
Le Blé noir

Collection « Sud Lointain »

Jean-Jacques Antier
Le Rendez-vous de Marie-Galante
Marie-Galante, La Liberté ou la Mort
Erwan Bergot
Sud lointain
tome I *Le Courrier de Saïgon*
tome II *La Rivière des parfums*
tome III *Le Maître de Bao-Tan*
Rendez-vous à Vera-Cruz
Mourir au Laos
Jean Bertolino
Chaman
Paul Couturiau
Le Paravent de soie rouge
Le Paravent déchiré
Alain Dubos
Acadie, terre promise
Retour en Acadie
Hervé Jaouen
L'Adieu au Connemara
Dominique Marny
Du côté de Pondichéry
Les Nuits du Caire
Cap Malabata
Juliette Morillot
Les Orchidées rouges de Shanghai
Bernard Simonay
Les Tigres de Tasmanie
Jean-Michel Thibaux
La Fille de Panamá
Tempête sur Panamá

Romans

Alain Gandy
Quand la Légion écrivait sa légende
Hubert Huertas
Nous jouerons quand même ensemble
La Passagère de la « Struma »
Michel Peyramaure
Les Tambours sauvages
Pacifique Sud
Louisiana
Le Roman de Catherine de Médicis

Impression réalisée sur CAMERON par

BUSSIÈRE CAMEDAN IMPRIMERIES

GROUPE CPI

à Saint-Amand-Montrond (Cher)
en août 2004
pour les Presses de la Cité
12, avenue d'Italie
75013 Paris

Composé par Nord Compo
à Villeneuve-d'Ascq

N° d'édition : 7139. — N° d'impression : 043127/1.
Dépôt légal : janvier 2004.
Suite du 1er tirage

Imprimé en France